???
『アハハハ！
咲いた咲いた、
首を刎ねられた
真っ赤な薔薇が！』
『正体不明が【鮮血の薔薇】を発動、即死!
どん太が首を刎ねられました!』

？？？
『実験体H-11084が貴方の従者になりました。名前を――』
「ねえねえ、起きて～？　お～い、起きてよ～。起きろ～」

ローレイのメルティス教会、地下霊廟……。二度とこの場所へ足を踏み入れたくなかった。しかし、黒い噂の絶えぬ聖女オルヴィスがノーラノーラ大司教と共に現れた時、その願いは脆くも崩れ去ることとなった。私に拒否権など存在しなかった。

今、私は地下霊廟の最奥で最上位である蘇生法術、グレーターリザレクションを発動しようとしている。決して目覚めさせてはならないとされている封じられた魔物、その3体を目覚めさせようとしているのだ。ああ間違いなく、間違いなく……教えに反する行為だ。赦される行為ではない。

「……わ、私の力では、一度に全ては無理だ」

「急いでいると、言ったはずですが」

「急かしても無理なものは無理だ！　儀式に失敗した反動で私が死ねば、これを起こす機会は永遠に失われる。確実に成功させるために協力して欲しいと言っているのだ！」

「仕方ありませんね。ではまず、この者から」

グレーターリザレクション、その発動に失敗した代償は途轍もなく大きい。私が大司教の座を得ることが出来たのは、過去にこの術を成功することが出来たからだ。しかしそれは、代償を知らなかった若気の至り。この術のリスクを熟知している今では、絶対に発動しようなどとは思わない。

魂さえ無事ならば、どれだけ肉体の損傷が激しかろうとも、完全に再生して復活する最上級法術……。この絶大な効果をもたらすためには、金銭では取引出来ぬほど高価な触媒と、膨大な量のマナが必要となる。万が一にもどちらかが、またはどちらも足りなければ失敗となり、発動に失敗した反動により、術者は…………死ぬ。

生命の理《ことわり》を曲げる術だ。当然代償はそれ相応のものとなる……。若い頃に成功した時、マナが足

りるかどうかギリギリだったせいで、私は生死の狭間を彷徨うこととなった。三日三晩高熱にうかされ、地獄の猟犬に追われ続ける悪夢を見ていた。今生きているのは運が良かっただけなのだ。

それを『急いでいるから3体同時にやれ』だと……!? 私に死ねと言っているのと同じだ。誰がこいつを聖女などと、こいつは悪魔だ！ 自らの利のために他者を平然と使い潰して切り捨てる、悪魔よりも恐ろしい何かだ。人の血が通っているとは思えん！

1体ずつやらせろと言ったのは、せめてもの反抗だ。儀式の回数が3倍になれば当然、使用する触媒の量も3倍となる。こいつがどれだけ蓄えているかは知らんが、せめて少しでも懐を痛めてやらねば私の気が済まん。

「まだかかるのですか?」

「凡人を天才と一緒にしないでくれ、これでも急いでいるんだ」

「ふぅむ……。では、できるだけ急ぐように」

死にたくない、まだ死にたくない……。どうして私がこのような目に遭わねばならぬのだ。私はただ、平和に静かに何不自由なく暮らせればそれで良かったというのに。主よ、女神メルティスよ、どうか悪虐外道の彼女らに罰をお与えください。そしてこれより封じられし魔の者を蘇らせる罪深き私を、どうかお赦しください……。

ガイド役の
天使を
殴り倒したら、
死霊術師に
なりました

～裏イベントを最速で引き当てた結果、
世界が終焉を迎えるそうです～

WHEN I BEAT UP THE ANGEL WHO WAS MY GUIDE,
I BECAME A NECROMANCER.

03 エリーゼ
Illustration がわこ

あらすじ
竜胆天音
プレイヤーネーム:リンネ
竜胆天音は、友人に誘われてVRオンラインゲーム
【メルティスオンライン】を始める。
大嫌いな天使を殴り倒したら、
隠しイベント【魔神バビロン降臨】を
引き当てちゃって!?
バビロン
死霊術師リンネとして、
4名の従者を仲間にし、
トップギルド
【華胥の夢】へ加入。
どん太
オーレリア
姫千代
フリオニール
ハッゲ
お昼寝大好き
0《レ》7XB《ー》785Y《ナ》

いざ廃教会へ殴り込み！
裏ダンジョンの凶悪なボスに遭遇するも——
覚醒スキルによりさらに強力になったパーティで撃破!!
ペルセウス
魔神バビロンの地上進出のため、さらなる冒険へ——

第二部　激震

第三部　接触

第三章　一意専心

『人魚姫・ナタリアゴーストが爆散し、完全に消滅しました』

『マイスタードゲルゴーストが爆散し、完全に消滅しました』

「ふぅ～。スッキリした……」

　ドゲルが使おうとしてた死霊爆発がこんなにも役に立つとは。死体安置所には？　よし入ってないな。死霊爆発で爆散した死霊は完全に消滅するのね。最高じゃん。気に入らないやつはみーんなぶっ倒してアンデッド化して死霊爆発すれば木端微塵に出来るじゃん！　最高ね。

「あれが、あーちゃんの絶対に踏んではならない地雷、気をつけなくてはなりませんわよ！」

「き、気をつけます!!」

『わ、わうぅ!?（僕のこと、爆発させたりしない!?）』

『(((;゜Д゜)))』

「此方《こなた》は絶対にリンネ殿を天使と呼んだりしないように気をつけまする……」

「え、本当に、ドゲル達は爆発して、消滅したのですか……？」

「大丈夫よ。皆は死霊爆発の対象にならないように、保護が掛けてあるからね」

「安心致しました……」

「ほっ……」

『わう～（よかったぁ～）』

『(*´ω`*)』

どん太達にはちゃーんと【死体安置所】の方でお気に入り・保護のボタンにチェックを入れて、保護解除誤爆しないように保護外す時には確認が数回入るようになってるからね。皆は消滅させたりしないよ？　皆に会えなくなっちゃったら、寂しいなんてもんじゃないからね。心がポッキリ折れてしまうかもしれないわ。

『**禁じられた楽園を【Dエンド】でクリアしました。記録しています……。暫くお待ち下さい……**』

Dエンド……？　まあそうよね、通常のクリアではなかったかも。多分Aが通常撃破、BとCはどちらを先に撃破したかとかの条件で変わるのかな？

「AからCエンドまで吹っ飛びましたわね……」

「見て、ナタリアのいた祭壇の下。これ、なんだろう」

「え？　あ、本当ですね。なんでしょう……変なスペースが……」

レーナちゃんが祭壇の下に妙なスペースがあるのを見つけてくれた。ただ、特に何かがあるわけじゃなさそうだけど……。ん、なんか変な出っ張りがある。あ、動くわ……これ、押せそうかも？

そーれぽちっとな。うわ、なんか祭壇が動いた!?　祭壇が勝手に持ち上がって!?

『**隠し報酬【ドゲルの秘密書庫】を発見しました**』

「まあ!?　なんですの!?」

「あ、あ～……」

「ん、ベッドの下に如何わしい本を隠すのと一緒。変な本、いっぱいある」

「本、ですか！　興味があります！」

「リアちゃんに有害なものじゃないかだけチェックさせて!!」

「はぁ～い……」

　ベッドの下に変な本を隠す要領で、こんなところに本を収納しないで欲しいんですけど!?　とりあえずリアちゃんが見ても大丈夫かどうか、それだけチェックさせて頂戴ね！

「ルテオラ聖王国、影の英雄という本がありますわね」

「ルテオラ聖王国、黒き姫君……？」

「死を超越する方法……お、魔導書かな!?　あ、違うっぽいわ……。こっちは、黄金はどこへ消えたのか……。ミステリー小説かな？　大いなる力の謎……消えた神々、なんか変な本ばっかりね」

「噂話を集めてたのかも。ナタリアを復活させるために、どんなに小さい可能性でも良いからって、追いかけてた？　それっぽい話の本、ばっかり？」

　なるほどね。ナタリアのために色々な情報を集めてたと言われると、確かにこの統一性のない本の集め方にも納得出来るかも。それだけ本気だったってことなんだろうけど、その結果が無実の人々を巻き込んでの人体実験ではねえ……。

「あ、魔神降臨の書って、書いてある」

「バビロン様ぁ!!　呼びましょう!?　今すぐ、ここで!!」

『わうぅ～!?』

「私も会ってみたいです！」

『(。ロ。)』

「そ、そのような気軽さで降臨させても、よろしいのですか……!?　もしも魔神様のお怒りに触れてしまったら、此方達は……!!」

「きっとバビロン様でしたら寛大な心でお赦しくださいますわ～！」

魔神降臨の書まであったの!?　こりゃあもう、呼ぶしかあるまいよ！　会いたいって人がこんだけ居るんだから、呼ぶぞ呼ぶぞ～!!　この本を開いたら、来るぞぉおお～!!　私の最推しが、来ちゃう来ちゃう！　来る～！　ああああぁああ！

「おいでませおいでませ、バビロン様～」

『――はぁ～い♡　呼ばれて飛び出てバビロンちゃん……あ、ちょっと、待って、やめ……!?』

「んっ……抱きつかせて？　ねえ、結婚。結婚？」

『出来ないわ！　出来ないから!!　ちょっと、変なところをもちょもちょしないで……はぁあ♡』

「はぁあ!?　アヅ」

「堪能した……。もう今日は、死んでもいい……」

『殺さないからぁ！　もうっ!!　改めて、はぁ～い♡　魔神バビロンちゃん降臨よ～！』

今のバビロン様の嬌声、最高か？　私もレーナちゃんみたいに抱きついて、バビロン様のボディを堪能したい……。しかしそんな勇気は私にはない……。耳が幸せ、目が幸せ、死ぬ……！

「バビロン様の素晴らしいお声が堪能出来て幸せです。今までありがとうございました……」

『ちょっとぉ!!　イカレ女ぁ、勝手に死のうとしないでくれる!?』

「バビロン様を困らせる天才が、２人も居るわね……」

「こ、この、これほどまでの力なのですか、魔神バビロン様……！　魔力に、押されて……！」

「か、体が竦んで動きませぬ……」

『キュゥゥゥン……クゥゥゥゥン……』

『(((；゜Д゜)))』

皆……わかるよ、いいよね。バビロン様……。どん太も縮こまってぷるぷる震えて、会えてそんなに嬉しいか。わかってくれるか。おにーちゃんも悦びでガタガタが止まらないね。わかる。

『ちょっとちょっとぉ？　ねえねえ聞いてイカレ女ぁ？　ワタシがこっちの世界に出てくるために、ちょ～っと邪魔な領域があるのよね～♡』

「どこでしょうか！　全力かつ最速で木っ端微塵に粉砕します！」

『うんうん♡　ちょっとお話を聞いて欲しいかなぁ～イカれ女ちゃ～ん……♡』

オヅ!!　撫でられている!!　もう髪洗わなくていい？　いいねよね、死にそう。今死ぬ。

『ローレイのメルティス教会、その聖域が凄く凄く邪魔なのよ～♡　それを』

「はい！　発破します!!」

『聞いて～？　ねえお願い、ちゅ～してあげるから～。ちゅっ♡』

ア………ッツツツツツ！！！！！！！

『【魔神バビロンの寵愛】を獲得しました』

もう、もう、死ぬ――――！　否、ガッツ!!　せっかくの生バビロン様、ここで死んでは人生の損失よ!!　私はこんなところで死ぬことは出来ない!!

『貴方は仮死状態に――状態異常をレジストしました』

「ォァ!!」

「おおー死ななかったー」

「あーちゃん、物凄いガッツですわ!!」

「ッスゥー……。それで、いつまでにその教会の聖域を、発破すればよろしいでしょうか……」

『やだ急に落ち着いた！　怖いわ!!』

テンションが天井を突破して、なんか悟りの境地みたいなところに到達しました。凄い、なんだろう、全能感？　今ならなんだって出来る気がする。あ、バビロン様に抱きつくのはやっぱ無理。

『とにかく！　イカれ女が倒れないうちに、色々と教えたいことがあるのよ！』

「は、はいっ！」

「はいな!!」

「んっ！」

あれあれ～？　返事が3人しかありませんねえ～？　どん太達はどうしてお返事出来ないのかなあ～？　バビロン様の御前であるぞ、不敬であろうが!!　あ、ダメだ。全員気絶しちゃってる。バビロン様の尊さに耐えられなかったか。それは致し方ない、そこで伸びているがいい。

『魔界は人間界や天界との繋がりを断たれていて、今まで一度たりとも人間界に進出したことがないのよ。それはね、要となる場所に聖域なる結界が張られているからなの。それがメルティス教会、ローレイにもあるでしょ？　あれがとーっても邪魔なのよ♡』

「なるほど、ん……？　では、この教会の跡地はどうなのですか？」

『鋭いわね。しかしここではダメなのよ、この場所は世界を繋ぐ力が弱すぎて、進出するには時間がかかりすぎるの。もっと繋がりが強力な場所じゃないと！』

「チンタラしている内に、メルティスに見つかって追い返されてしまいますのね！」

『そうよ～♡　やだ～ペルセウスってば理解が早いじゃな～い♡』

「んふふふ……！」

ぐぬぬ、私も褒められたい。褒められたいの!!　ずるーい!!

「でも、計画をこっちで喋ったら、メルティス、バレる？　妨害される」

『だ・か・ら！　過去の世界であんた達がワタシを呼んだ今がチャンスなのよ～!!』

「あ、過去……。流石に、過去までは監視、しない？」

『流石にそこまでカバーしていたらもうどうしようもないわ。でもそんなこと、ワタシ達の中にいる時空魔術のプロフェッショナルでも出来っこないわ。これに関しては間違いなく問題ないわね』

過去の時間を監視するなんて、確かに出来っこないよね。防犯カメラでリアルタイムの映像を監視しながら、過去の映像に異変がないかチェックしているようなものだもんね。だからバビロン様と今接触したのは問題ない、なるほどなるほど……。ああ、だからか!!

「だから、監視出来ないプライベートエリアや、時空の狭間のような場所、転生時や開始時の場所でしかバビロン様に会えないんですね!?」

『あら、ぴんぽ～ん♡　大正解～♡』

「ん……ん……！」

頭を撫でて貰った、パート2……！　脳に直接効く～……。のうみそ、とけちゃう～……♡

『話が逸れたわね！　そう、いつまでもこんな場所でしか接触できないのはあまりにも不便、そして人間界への進出が遅れれば遅れるほどワタシ達は不利になるの！　そ・こ・で♡　今回は逆に、ワタシからあんた達にお願いをしたいのよ～♡』

「教会の聖域を破壊すればよろしいのですわね！」

「でも、大変そう？　可能？」

『聖域は魔界側からの防御は厳重だけど、人間界側の防御はスカスカになっているわ！　弱点のない結界は存在しない、強力な結界には大きな代償が伴うの！　これをなんとしても破壊して、魔界の人間界、進出、を……』

「バビロン様……？」

あれ、バビロン様がなんだか、お体が、透けてきたような……？

『こんなに、時間が短いの……!?　あの聖域には、強力な、海賊の王――ローレライが――可哀想なこの――悪――貴族は――不要――………』

『魔神バビロンが時間経過により元の世界へと帰還しました』

「あっ……」

「消えてしまいましたわ……」

「ん、本物の生バビロン様を堪能するべく、ローレイの聖域を破壊すべき」

「そうですね！　よし、早速破壊に行きましょうよ!!」

時間経過でバビロン様が帰還しちゃったー！　初めてのバビロン様のお使い、絶対に成功させなくっちゃ！　それにしても、聖域ってどうやって破壊すればいいんだろう？　もしかしてバビロン

様、方法を伝える前に帰っちゃったりして……いやまさか、そんなことないはず。きっと私ならわかるだろうって期待して、あえて伝えてないに決まってる！　その期待に、絶対に応えなくっちゃ！

あと、海賊の王とかローレライがどうのとか言ってたけど、何の話だろう？　可哀想だとか言ってたよね、もしかして聖域に囚われてるのかな⁉　ローレライと言えばローレイに名前が似てるよね。それに確か、美しい歌声で人々を誘惑して、船乗りを破滅させる魔女と名前が一緒だわ。この2人は助けたほうがいいってこと……だよね！

そして、貴族は不要！　よーし、最後に何を伝えたいのか、完全に理解したわ！

「話を整理すると、バビロン様は人間界に進出したい。そのためにはローレイの聖域が邪魔、ここ以外は繋がりが弱いから絶対にここじゃないとダメ！　そして聖域には海賊の王とローレライなる可哀想な2人が囚われていて、貴族は不要……つまり！　ローレイの領主の助けは借りちゃダメってことだよね！　そして破壊方法は既に私達が所持しているスキルのはず！　ほら‼　凄いタイミングでクエストも届いたし‼」

『魔神バビロンより緊急陣営クエスト【ローレイの聖域を破壊して頂戴♡】が届きました。参加は強制ではありません。追加の参加希望者が存在する場合、クエストメンバーとしてリストに登録されます。追加メンバーにも働きに応じて同様に報酬が与えられます』

「なるほど、わかりましたわ！　わたくし達だけで、成し遂げなければなりませんのね！」

「お昼寝達も、誘ってみよ～」

「では、早速帰って準備ですね！　あ、言葉に出すのはまずいので、チャットで！」

「ん、チャットで伝える。口に出すの、厳禁。メルティスにバレる」

「ええ、わかりましたわ！　さあさあ気絶している皆さんにも伝えて……あら、報酬の受け取りを忘れていましたわ。まずは報酬、ですわねー!!」

「あ、すっかり忘れてた。ダンジョンクリア報酬」

よし、それじゃあダンジョンのクリア報酬を受け取って、どん太達を起こして箝口令を敷かなくっちゃ。忙しくなるぞー！


【世界の繋がり】

人間界、魔界、天界の繋がりは分断されており、自由に行き来することは出来ない。

ただし、人間界にそれぞれの世界と繋がりの強い地が点在しており、この場所からそれぞれの世界へと行き来することが出来る。

メルティスはバビロンより先に生まれて人間界を支配していたため、既に魔界との繋がりが強い地には聖域が展開されて進出を阻止されている。これを破壊し、魔界の人間界進出を成功させるのが、リンネ達に与えられた陣営クエストである。

なお、リンネはバビロンの最後の言葉を壮大に勘違いしており、正しく要約すると『聖域に眠る海賊王とローレライは可哀想な子達だから起こして、悪虐令嬢は絶対に起こしちゃダメ』で、領主への協力要請はむしろ推奨される行為だった。

「むっ……!!　んっ……おかわりをくださいませっ!!」

『わうわう!!（おかわり!!）』

「おいおい、さっき試しで作った巨大ドラゴンカツ、もう無くなるぜ。マジかよ」

凄いよ。どん太と千代ちゃんのお腹の中に、新聞を広げた時の面積ぐらいはある肉厚な巨大ドラゴンカツが、吸い込まれてく……。ちなみに千代ちゃんの紹介は既に済ませた。最初はギルドの人達に馴染めるか心配だったけど、ハッゲさんの作りたて巨大ドラゴンカツを見て目を輝かせて、食べていいよと言われた瞬間に飛びついて満面の笑みで食べる姿を披露した辺りから、すっかり皆と仲良くお話しして仲良しになれましたね。

え、おにーちゃん？　秒で溶け込んでたよ。秒で。男性陣と即座に仲良くなって、すぐに模擬戦だーとか、エモーションが腹立つとか面白いとか、そんな話で盛り上がってたね。

『それで、ハッゲは教会潰しに行く？』

『ちょっと悩むところだな……お昼寝は？』

『どうしようかねえ～』

『なんや、あの教会やっぱ潰すんか！　しっかし、レベルが懸念材料やで』

『確かに、転職したばっかりの人は、レベル低い』

『それなんよなぁ』

ちなみに今はグループチャット機能でお昼寝さん、ハッゲさん、レーナちゃん、ペルちゃん、レイジさん、エリスさんとお話をしてる感じ。チャットは冒険者にしか見えないはずの機能だから、

これで作戦会議をしようってわけよ。

方針が決まったらギルドメンバー全体に事情を伝えて、参加したい人を募集して教会に突撃開始ってわけ！　まあこの状況は外部の人から見たら、早めのお昼ご飯を食べながらなんか雑談してるなーぐらいにしか見えないだろうね。まさか今から教会を破壊しに行くとは思うまい。

『剣鬼になったばっかりでレベリングもろくにしとらんし……』

『俺だって戦闘用のスキルなんて、ほとんどねえからなあ』

『まあ僕も全然だし、ん～どうだろう？』

『隠しクラスの先行体験みたいでなんか優越感があるから、エリスちゃんは現状維持のほうが～』

『バビロン様のため!!　生バビロン様降臨のためです!!　絶対です!!』

『エリスさん！　そんなことでは、バビロン様に愛想を尽かされますわよ！』

『そーだそーだ。クラスなくなったら、ロリコンしか残らない』

『え、それは言い過ぎ。酷い、他にもまだ何か残るはずだって……』

『ロリコンしか残らへんやろ』

『エリス、諦めな～。エリスからロリコンを取ったら何も残らないよ～』

『言い過ぎな気もするが、まあそうだな』

エリスさん……。まあ、うーん、そうですね。リアちゃんが警戒するぐらいには本物、ですね。

最初こそこの扱いは可哀想だなって思ってたんですけど、ちょっと行動が本物過ぎる……。

「おや？　先程から、光の粒になって消えてしまう人がいらっしゃいますが……」

「ああ？　ああ！　千代さん、リンネちゃんや俺達は、この世界ではない別の世界と行き来してる

んだ。そっちの世界で不調があったり用事があったりしたら、一度戻らなきゃならないんだ」

「なるほど。そうなのですね！　ではおかわりを！」

「お、おう……」

そっか、確かに私達が元の世界に帰る瞬間は不思議現象に見えるよね。今後従者が増えた時は、そういったところもちゃんと私が教えてあげないとね。

「あ、どんちゃ。掲示板でもふもふ大人気」

「え、ああ！　扉で挟まってた時に助けてくれた人の書き込みですか！」

「そう。あまりにもプリティーだって。可愛いのは、事実」

『そしていずれ、どんちゃみたいなウルフを使役するためのクラスがあるはずだって、答えにたどり着くプレイヤーが絶対に出てくる』

わわわ、レーナちゃんがたわいない雑談をしながら本音をチャットで打ち込んでくるっていう、なかなかに器用な芸当を……！　うーんでも、確かにそうですよね。いずれ私達以外にもバビロン様のお眼鏡に適うプレイヤーが現れるはず。その時、行動出来ず期待に応えられない人よりも、期待に応えられる人達を選ぶはず……。どうにか、説得しないと。

『今やらないと、誰かに先を越されてしまうかも。それに今の私達に出来るから、このクエストが発行されたはずです。バビロン様から期待されているんです！　トップギルド、なんですよね。今こそ、先頭を走る時だと、私は思います!!』

これで、どうだろう……。あれ？　なんだろう、凄く静かになっちゃった……！　千代ちゃんとどん太すら異変に気がついて食事をやめるぐらい、静かになっちゃったんですけど……？

『愚かだな』

『ほんまに、その通りやわ』

『いや〜そうだよねえ〜』

『ん、その通り』

『皆さん!!　リンネさんがこんなにも!!』

あ、すみません……。新参者の私がこんなこと、本当にすみません。ただのギルドメンバーなのに、ギルドのことを何も知らないのに、しゃしゃり出ちゃって……。

『戦闘スキルがないぐらいでウジウジと、トップギルドのサブマスターが聞いて呆れるぜ』

『せやな。レベルが低いぐらいで何をビビっとるんやワイは』

『リンネちゃんの言う通りだ。僕たちの陣営のトップであるバビロン様が期待してクエストを発行してきたのに、あれやこれや理由をつけて先延ばしにしようとするなんてね』

『絶対に今。今すぐギルド全体にエマージェンシーコールを発動するべき』

『あ、あら？　そ、そうですわ！　今すぐやるべきですわ!!』

『ん〜！　エリスちゃん、リアちゃんにいいとこ見せるために、頑張っちゃおうっかなぁ〜！』

み、皆さん……！　よかった、思いが通じた方の反応だったんですね！　なんかペルちゃんだけちょっと反応が違った気がするけど、本当によかった!!

『ギルドメッセージ：ギルドマスター【お昼寝大好き】が【エマージェンシーコール】を発動』

「よ〜し、やるよぉ〜!!　緊急招集！　全員、ギルドハウスに集合せよ!!」

「デカいことをやるのは久しぶりだな」

「え、あの、喋ったら……」

「このタイミングやったら、向こうはなんも用意出来へんやろ！」

「やると決めたからには電光石火！　向こうに伝わる前に猛スピードで突っ込むよ！」

なるほど、チャットよりも口頭での伝達のほうが早いですし、今すぐ突っ込むってタイミングならもう問題ないですね！　それにメルティス教会はギルドハウスの真裏ですし！

それじゃあ早速、メンバーが揃い次第メルティス教会に突撃しましょう!!


【ローレイのメルティス教会】

ローレイが海賊に占領されている時には全く動かず、解放後も炊き出しや治療すらしなかった、悪評だらけの教会。裏では海賊と繋がっていたという噂があり、異端審問官が不当な理由で金銭や貴金属を奪っていたという噂もあるほど。

今朝から妙な動きをしており、教会内部に立ち入ることが禁じられている。多くのプレイヤーが転職に訪れたが、その全てがローレイ以外の教会へ行けと追い返された。何か入れない理由があるのかもしれないが、その理由を知っているプレイヤーは存在しない。


「なんや随分と、警備が物々しいんやが……？」

「え、こんな短時間で警備が固まったの？　まさか～？」

「今朝からこうみたいッスよ！　掲示板でもめっちゃ文句が書かれてるッス！」

「あ、そうだったんだ？　や～や～バッドタイミングかなぁ～？」

「いえ、グッドタイミングだと思います。あちらには何かを警戒しないといけない、圧倒的に不利な理由があるはずです。叩くなら、今だと思います！」

「リンネちゃんがめっちゃやる気で饒舌だぜ。嬉しいねえ」

「あ、えっと、あの……」

「リンネさんの言うとおりですわー！　叩くなら、絶対今ですわー!!」

　教会の警備が厳重になっているみたい。普段の様子を知らないからどれぐらい警備兵が増えているのかとか、教会の内部構造とか全然知らないけど、それでもやるって決めたからにはやる！

　こっちだって万全を期すために、うみのどーくつや教会の裏ダンジョンで拾った装備を皆に配って強化してるし、特に強いギルドマスターのお昼寝さんや、サブマスターの全員に鯨喰らいや止まらない殺戮等の強力なレジェンダリー武器を配ってる。

　それにもう教会の警備兵は武装して集合している私達に気がついている。ここで退却しても、事態が好転することは恐らくないと思う。教会の大扉は閉ざされ、大扉の前には何十人もの警備兵が武装状態で待機している。何かこの厳重な警備を何の被害もなく突破する方法はないかな………ああ、そうだ。いいことを思いついた。

「それでリンネさん、どうやってあの警備を突破する気ですの？」

「大丈夫、私にいい考えがあるから。リアちゃん、風の魔術をお願い」

「それだけじゃ、防がれちゃうと思いますけど……あっ！　わかりました！」

「リンネ殿がいい考えを思いついた時は、とても素晴らしい笑顔になるのですね……！」

『Σ(ﾟ∀ﾟ;)』

「なんやえらいヤバそうな雰囲気やな、離れたほうがよさそうやな……」

「お～リンネちゃんが戦うところ、初めて見るから楽しみだよ～」

「それじゃあ皆さん、離れておいてください」

この術を使うには皆に離れて貰わないと危ないから、察して離れてくれたのは助かるね。リアちゃんは風の魔術の威力を強化するほうきは持ってないけど、重要なのは威力のほうじゃない。速度と効果範囲なのよ。もし万が一関係ないプレイヤーに当たったらごめんなさいだけど、この物々しい雰囲気を察して逃げないのが悪いってことで……行くよ!!

「愚か者ども《ゲグ・ナウダス》、圧倒されよ《ヴァスティ》、破壊されよ《ヴァースタ》、これぞ龍の一撃《ドラゲラム》!!　破壊の息吹《バスターキャノンブレス》!!」

『**オーレリアが【破壊の息吹】を発動、空気が激流となって前方へと発射されます**』

『防御態勢！　襲撃だ!!』

『かなり強力な魔術、だがそれだけのこと!!』

『すぐに治癒法術を!!』

そうね、これで死んじゃうぐらいだったら教会の大扉の警備を任されたりしないよね。こっちだってこの一撃で突破出来るだなんて思ってないよ。だから、私が思いついたばかりの二の矢。受け取ってね……!!　これが、私の出した突破方法の答えだ!!

「生ける屍と化せ、ゾンビパウダー!!」

「ゾンビ!?」

「なんやそれ!?」

『**【ゾンビパウダー】を発動、スキルリンク！　【破壊の息吹】と合わさり【死龍の息吹】に変化しました！　【死龍の息吹】が全てを腐敗させます！**』

効果範囲の狭いゾンビパウダーでも、リアちゃんの風の魔術に乗せれば範囲は大きく拡大する。それも対処する時間さえ与えずに、圧倒的なスピードで!!　これで、どうだ!!

『なんだ、体が、何か変だ……!!』

『か、体、が、オかし、イ……ァ……ァァァ……』

『ち、ユを……くず、レ……』

ゾンビパウダー、状態異常【ゾンビ化】を発生させる恐ろしい魔術。人間に使ったのは初めてだけど、実験的にローレイの周囲にいるモンスターを相手に使った時よりも、ゾンビ化の進行が異常に早い。もしかして、さっき発生したスキルリンクが原因？　私の想定では、ゾンビ化が始まって動きが鈍った相手を簡単に倒せるだろうぐらいの気持ちで使ったんだけど、こ、これは、えーっと……。

「お、お姉ちゃん？　これがいい考え……そ、想定通りですか!?」

「当然、そう、そうよ……！　想定通り……!!」

「ぜ、全滅……？　え、リンネちゃん、ヤバ……」

「ワイな、リンネちゃんだけは絶対に怒らせへんようにしようと思うねん」

「ああ、俺もそうするぜ」

「う、うへえ……。エリスちゃん、これは反則じゃないかなーって思うんだよねえ……」

「元々心が腐っていた連中でしょうし、体も腐ってお似合いですわー!! さあ、教会に突撃ですわよー!! このペルセウスが、相手になって差し上げますわー!!」

想定以上の被害に、全員ドン引きしてるじゃないですか、やだー!! 違うんです、こんなつもりで使ったわけじゃないんです!! 本当なんです、信じてください……って、この結果を前に言っても絶対信じてもらえないですよね。はい、諦めて開き直ることにします。私はいい考えと称して、何十人もの警備兵をゾンビに変えてしまい――


「あ、大扉が！」

「あぶねえ、崩れるぞ！」

「うおお、扉まで腐っとるがな!!」

『エリアメッセージ：ローレイのメルティス教会・正門が破壊されました!!』

『エリアメッセージ：メルティス教会の【異端者払いの結界】が崩壊しました!!』

お、大扉まで腐らせて、破壊と虐殺の限りを尽くしました！ ええい、ここまで来たらもうなんだってやってやるわ！ こいつらはローレイが海賊に襲われている危機を見て見ぬふりして、それどころか海賊と結託して私腹を肥やしていた極悪人！ そしてこれは死体じゃなくて私の爆弾！ 死してなお私の役に立てることを光栄に思いながら爆散しなさい!!

『【死体安置所・5】に【堕落した異端審問官ルクレナ】を納棺しました』

『【死体安置所・6】に【堕落した異端審問官ナウダ】を納棺しました』

「なんやそれ、地面から棺桶が出てきよったで!?」

「ん、リンネは死体を回収出来る」

「おいおい、そんなの回収してどうするんだよ……」

『何の騒ぎだ、ここがどこかを知っての狼藉か!!』

『神聖なるメルティス教会を破壊するとは、万死に値するぞ!!』

蜂の巣を突《つっ》いたかのように、あれよあれよと兵隊が教会の中から出てくるわ。邪魔なのよ、バビロン様がこの教会が邪魔だって言ってんのよ!!　バビロン様と私の邪魔を、するなぁ!!

「どうするか、ですか!?　こうするんですよ!!　死体投棄、発射!!　塵と消えよ、死霊爆発!!　邪魔だ、失せろ!!」

『【死体安置所・５】から【堕落した異端審問官ルクレナ】を発射しました』

『【死体安置所・６】から【堕落した異端審問官ナウダ】を発射しました』

『【死霊爆発】を発動、発射した死体が爆発します!!』

『堕落した戦闘修道士サレノが１２４５５９ダメージを受け、死亡しました』

『堕落した戦闘修道士ニーノが１３４８５０ダメージを受け、死亡しました』

『堕落した戦闘修道士ドグが１２２５００ダメージを受け、死亡しました』

『堕落した戦闘修道士………』

「これは、反則やろ……」

「よぉし、僕も爆弾勝負なら負けないぞ～リンネちゃ～ん!!」

「あ、お昼寝のやる気スイッチ、やっと入った」

『お昼寝大好きが【ポイズンバスターボム】を投擲しました』

もうこうなったら止まらない、もう誰にも止められない！　今この瞬間、私は一線を越えたの

よ!!　越えたからにはとことんやる、一切の慈悲を捨ててとことん、ね!!

　さあ、死にたいやつからかかってきなさい。すぐに爆弾に変えてやるんだから!!

◆◆◆

　どうやら、教会に流れ者達が攻め込んできたらしい。どの道私はここで終わりだったのか。

　メルティス教の大司教ともなれば、一生安泰だと思っていた。私腹を肥やすためにゴロツキ共を海賊に仕立て上げ、他国の船を襲撃させて金品を巻き上げ、それをこちらに献上させて悠々自適に暮らす。更にメルティス教の大聖堂があるルナリエット聖王国へ強奪した金銀財宝をほんの僅か納めれば、聖王はこれに満足してローレイでの暗躍行為も応援してくれた。世界中の流れを、私を応援する追い風のようにすら感じていた。

　どうしてこうなってしまったのだ。眼前には私の命を握っているオルヴィスが、地上には私の命を狙って攻め込んできた流れ者達が、前門の虎、後門の狼とはまさにこのこと。未だ儀式は完遂されていない、オルヴィスも苛立ちを隠せなくなってきている。だが焦れば、この儀式で命を落とすのは私の方だ。まだ活路はある、まだ、まだ何か、私が生き残れる道が……!

「――アーチバル大司教!!　ここを発見されるのも時間の問題です!!」

「教会の暗殺者部隊、黒い影を共鳴石で呼び出しなさい。絶対にここへ近づけてはなりません」

「か、畏まりました……!」

「お待ち下さいオルヴィス様!　黒い影に払える報酬がございません!!」

「この速度で攻め込んでくる相手では、どうせ死ぬでしょう？　死人に支払う報酬を悩むより、お前は早くグレーターリザレクションを発動しなさい!!」

「しかし、まだ完全な」

「今すぐここで死にたいか!!　早く発動しろ!!」

遂に本性を現したな！　しかしこれは、本気で殺す気か……!?　儀式の発動よりも、苛立ちの解消を優先しようというのか!?　マズい、ここで殺されるわけには……!!

「い、今すぐ発動する！　下がってくれ!!」

「……良いでしょう。発動しなさい」

もう、これ以上は引き延ばせぬ……！　若かりし頃よりも衰えたこの身でグレーターリザレクションの発動、成功するかどうかすらわからぬが……！　神よ、どうか我に耐えうるだけの力を……!!

◠◓●

『わう？　ガゥゥゥウ!!（あれ？　お外にいっぱい集まってきてるよ!!）』

「お姉ちゃん、増援です！　奥は狭そうですし、私の魔術だと……！」

「リアちゃんとどん太はここで増援を迎え撃って！　おにーちゃんはリアちゃんの死角を守って、千代ちゃんは私と一緒に奥へ！」

「御意に！」

「わたくしも参りますわ!!」

『(´・ω・`)b』

「得物が長い奴は奥に行っても邪魔になるだけや、増援食い止めるのを優先せえ!」

「げ、プレイヤーも交ざってるっぽいよ~」

ギルドメンバーの皆も凄いなあ。呼び出されて細かいことなんてほぼ指示されてないのに、すぐに自分の有利なポジションを確保して上手く立ち回ってる。しかしこっちは全員合わせて40人そこら、向かってくる相手は下手したら倍以上、もっと増えるかもしれない。

このままだと教会の中にいる奴が出てきて、外からの増援にも包囲されて挟み撃ちで不利な状態になる……。まあそれは、中から出てこられたらの話だけどね。

「ここで籠城するよ。リンネちゃんは僕達に気を遣わずに奥へ! どん太君とリアちゃん、僕達に力を貸してね! 全員前に出ずに遠距離戦、近接職は突破してくる奴を袋叩きにしろー!」

「は、はい!」

一階はお昼寝さんが指揮を執って守りを固めてくれる。私達がその間に奥にいる連中を叩いて聖域を破壊すれば――ッ!?

『警告、メルティス教会の聖域に侵入しました。聖域内部で死亡した場合、重大なペナルティが発生します。予測されるペナルティ【拠点復活クールタイム激増】』

「嫌な感触で御座いましたね……」

「千代ちゃんも感じたんだ」

「ええ、嫌な感触でしたわ! 流石に向こうのホームグラウンド、無茶は出来ませんわね」

「そうだね、慎重に進もう。塵と消えよ、死霊爆発!!」

『【死体安置所・５】から【堕落した異端審問官ジノーウィ】を発射しました』

『【死体安置所・６】から【堕落した異端審問官セーナー】を発射しました』

『【死霊爆発】を発動、発射した死体が爆発します!!』

　とりあえず慎重に進もう。曲がり角で待ち伏せされてたら嫌だし、まずは死霊爆発で様子見をしよう。それにしても死体を発射してダイナマイトみたいに使えるこのスキルは便利だけど、なんだかバビロン様みたいな美しさを感じないっていうか、気品がないっていうか……。強いけど、私のイメージするバビロン様には似つかわしくないスキルに感じる。

『女神メルティスを祀る聖メルティス教会に対して何たる所業！！！　異端者共よ!!　この異端審問官デランが――――』

『クリティカル！　堕落した異端審問官デランが22251ダメージを受け、死亡しました』

『クリティカル！　堕落した戦闘修道士モーリーが24745ダメージを受け、死亡しました』

「これのどこが慎重なんですの!?」

「え？　慎重に、曲がり角で待ち伏せしてる奴を潰してるよ？」

「んー……。待ち伏せを潰すのは確かに慎重で御座いますね！」

「千代さんも、リンネさんの肩を持ちすぎですわ!?」

『【死体安置所・５】に【堕落した異端審問官デラン】を納棺しました』

『【死体安置所・６】に【堕落した戦闘修道士モーリー】を納棺しました』

「よしっと……」

何よ、慎重に進んでるじゃない。どうせ侵入なんてバレてるんだから、相手の待ち伏せタイミングを潰したほうが楽に進めると思うんだけど。

「相手の領域なんだから、相手のやり方に合わせてたら苦労するのはこっちだよ。こっちのやり方を押し付けて少しでも有利を取らないと。正々堂々っていうのは、相手がちゃんとしてる場合のみ成立するの。海賊に襲われてるのを知らん顔してるクズ相手にはこれで十分よ」

「確かに、特に言い返せるところがありませんわ……！」

「こちらのやり方を押し付ける、ですか……」

「そう、有利な状況で有利になる行動をするの。そうすれば相手が自然と不利になるんだから」

あれ、なんで私こんなことを知ってるんだっけ……？　確か、何かのスポーツでこんな考えを誰かに伝えてたような……。まあ、今考えることじゃないからいいや！

とにかく、爆弾として使った奴はロストしてもう使えないから、倒した奴を回収して新しい爆弾にしよう。バビロン様らしくないスキルだとしても、今はこれに頼らざるを得ないんだからしかたない。とは言え、海賊と共謀して私腹を肥やしてたゴミみたいな連中よ。どれだけ爆弾にしても心は傷まない。躊躇うのは『バビロン様らしからぬスキル』ってところだけよ。

『下っ端を倒した程度で調子に乗るな!!　異端審問官副長、マズル！　神罰を代行いた』

『姫千代が【雷光脚】を閃きました。【雷光脚】を発動。クリティカル！　異端審問官副長マズルに124500ダメージを与えました。【気絶・レベル3】状態になりました』

「むむ……。つい脚が出てしまいました」

『アーーア……』

『マズル様が!?　こ、こいつらを生かしておいてはならない！』

『マズル様をお助けしろ!!』

うわあ、男性の急所へ目にも留まらぬ一撃が……。気絶するほど痛いって聞くけど、本当に気絶するんだ……。そうだよね、普通なら死ぬレベルの威力で蹴り上げられてるもんね。むしろ死んでないのが奇跡なんじゃないかな？　あ、それよりこんな狭い廊下で下っ端が突っ込んでくるんだけど。

「この先から特に嫌な波動を感じまする。道は此方が作りましょう」

「それじゃ、お願いしようかな？」

「では、妖刀……抜かせて頂きまする！」

『姫千代が【緋影・乱華剣舞】を発動、緋色の剣閃が周囲に放たれます』

『堕落した戦闘神官ジーナに２８７８７８ダメージを与え、撃破しました』

『堕落した戦闘神官クナーに２８４７０８ダメージを与え、撃破しました』

『堕落した――』

あー……。バトルログを見るまでもないね、既に全員倒れてる。生き残ってるのは誰もいない。突っ込んできた６人があっという間に物言わぬ屍に変わったわ。死亡確認は死体安置所に入るか入らないかですればいいや。

あらら？　死体安置所の枠が10しかないから、２体入らないね。どうしようかな？　先に回収した奴を発射して、先の曲がり角で爆破しちゃってそれから回収すればいいっか。

「ありがと千代ちゃん。回収しきれないのを先に爆弾にしちゃうね」

「え、ええ！　御意に御座います！」

もういちいち誰を発射したとか誰を納棺したとか確認するの面倒臭いし、経験値にすらならないってことはレベルも低いだろうし、高レベルの相手以外はログ非表示でいいかな。

『――ワォオオオオオオ――ン!!』

『どん太が【超咆哮】で周囲の敵を全員【気絶・レベル2】状態にしました』

うへえ、どん太の超咆哮がここまで響いてくるよ。まああの咆哮に耐えられないようなら、教会の内部に侵入するのは無理ですね。あるのか知らないけど、気絶の対策を積んで出直して下さいねー。

「それ、発射発射～」

『【死体安置所・5～6】から死体を発射しました』

「塵と消えよ、死霊爆発」

『【死霊爆発】が発動、発射した死体が爆発しました！』

『周囲の対象に平均180554ダメージを与え、全て撃破しました』

おお、表記がサックリ……しすぎてるわ。せめて何人倒したかぐらいは表示して欲しいなあ～……。そういう設定ないかな？　ああ、あったわ！　痒いところに手が届くゲームですこと。

「これ、わたくし必要だったかしら？」

「ん～……」

『必要ない。ここで死ね』

『暗殺者・黒い影のカドゥ（Lv．80）が【アサシネーション】を発動、失敗！　ペルセウスはダ

メージを受けませんでした。ペネトレイト減少・9』

あえ？　暗殺者？　教会に暗殺者がなんで……なるほど、教会で飼ってる猟犬ってことね。こんな物騒なのを隠して育ててたなんて、ますますメルティス教会って奴がドス黒く見えてきたわ！

『何……ッ!?』

「あらあら、お粗末な児戯ですこと!!」

『ペルセウスが【魔双剣・ハイパースラッシュ】を発動、暗殺者・黒い影のカドゥに合計３４８５５７ダメージを与え、撃破しました』

「一撃で相手を葬れない暗殺者など、ただのカカシ同然！　出直してきなさいな！」

出直すも何も、そのチャンスを一撃で粉砕してるよペルちゃん……。しかし狙われたのがペルちゃんで良かった。私達が狙われてたら多分一撃必殺だったんだろうし、ちょっと気を抜きすぎたね。

『地下霊廟に近づけるな!!　時間を稼――』

『姫千代が【一刀断鉄】を発動、即死！　暗殺者・黒い影のシータ（Ｌｖ．79）の首を刎ねました！』

「――……………」

ふぅ～ん。地下霊廟とやらに向かえばいいのね。向こうから情報を吐いてくれるのは助かるわ。

『今だ!!　撃て!!』

『死ね、異端者共!!』

『我々のローレイを守るのだ!!』

おっと、曲がり角の先でクロスボウ持ちの遠距離部隊が待ち伏せだ。これで蜂の巣にしてやる、

トドメだーとばかりに意気揚々と撃ってくるけどさあ……。

『**ペルセウスが遠距離攻撃を無効化しました**』

「あらあら、あらあらあらあら!!　全然効きませんわ〜!!」

「な、なんで……」

「化け物……!」

「第二射、第二射構えろ!　怯むな、ハッタリだ!」

ペルちゃんに遠距離攻撃は効かないのよ。爆発物じゃない限りは、ね。そしてクロスボウは扱いやすい反面、重大な欠点がある。再装填が遅いのよ。第二射を構えろ?　構えられる時間が……。

「ハッタリじゃないし、第二射は無理よ」

『**【死体安置所・7〜10】から死体を発射しました**』

『うわあああ!?　なんだ、ジ、ジーナ……!?』

「塵と消えよ、死霊爆発!!」

『**【死霊爆発】が発動、発射した死体が爆発しました!**』

『**周囲の対象に平均1809 41ダメージを与え、6人を撃破しました**』

あると思わないことね。どうしても私達を地下霊廟に近付けたくないなら、教会を破壊してでも通路を塞ぐべきよ。最も、自分たちの崇拝する女神を祀っている教会を破壊できるならの話だけど。まあ、無理でしょうね。私だってバビロン様を祀る教会を破壊して敵を止めろって言われたら、それは無理だって命令を突っぱねるもの。

『**暗殺者・黒い影の長ゾーラースーン(Lv．90)が【アサシネーション】を発動**』

『暗殺者・黒い影の右腕ラファ（Lv．85）、暗殺者・黒い影の左腕ミファ（Lv．85）が【アサシネーション】を発動、スキルリンク！　【トライアングルデス】が発動！』

暗殺者の長!?　かなりレベルが高い、でも狙ったのがペルちゃんなら!!

『MISS……。ペルセウスはダメージを受けませんでした。ペネトレイト減少・3』

『今、確かに……!?』

「甘いですわねえ!!　暗殺に失敗して手を止めるなどと!!」

『ペルセウスが【魔細剣・メテオール】を発動、クリティカル！　暗殺者・黒い影の長ゾーラーラーンに合計557550ダメージを与え、撃破しました。経験値　900000　獲得』

『姫千代が【緋影・乱華剣舞】を発動、クリティカル！　2人に平均344889ダメージを与え、撃破しました。合計経験値　1200000　獲得』

『姫千代がレベル10に上昇しました』

甘い甘い、コンビネーションの暗殺技は凄いなと思ったけど、それが失敗した時の二の矢を用意してないならペルちゃんには勝てないよ。せめて失敗したならすぐ逃げないとね？　レベルは高かったけど、それだけだったわ。私もレベルが高いだけの雑魚にならないように気をつけないとね。

『【死体安置所・8】に【暗殺者・黒い影の右腕ラファ】を納棺しました』

『【死体安置所・9】に【暗殺者・黒い影の左腕ミファ】を納棺しました』

『【死体安置所・10】に【暗殺者・黒い影の長ゾーラーラースーン】を納棺しました』

「よし、強力な爆弾ゲットだわ」

「ああ、またリンネさんに強力な兵器を……」

「今の者達は、暗殺者の中でも腕利きだったのでしょうか？」

「ん？　ああ、今のが長と右腕と左腕みたいだよ」

「左様に御座いますか……。なんとも、がっかりに御座いますね」

ああ、そっか。恐らくこれ以上に強い相手はいないだろうし、そりゃあがっかりするよね。これが最大戦力ってことはここが最終防衛ラインってことかな？　つまりこの先が、私達を近付けたくない地下霊廟ってことなのかな？　これだけ厳重に大人数で、しかも暗殺者の長まで配置されてるぐらいだし、よっぽど来て欲しくないところでしょ！　それじゃあ、行ってみよー地下霊廟ー！

お、なんか韻を踏んだわ、いってみよーちかれいびょー、調子がいいね！

「多分この先が地下霊廟に繋がってるんだと思う。それではこの先に向かって、余ってる雑魚爆弾を投げつけさせて頂きます！」

「遂に敵の防衛拠点に侵入ですわー！」

『ペルセウスが【魔盾アイギス】を発動、ペネトレイト・10になりました』

魔剣を大剣に変化させて突っ込む気満々の姫騎士様、豪快過ぎて頼もし過ぎるわね。さあてここでコソコソと何をやってるのか、見せて貰おうじゃないの！　あった、この階段の下、あの扉の先が恐らく地下霊廟だ！　よっしゃ、ペルセウス先生、突撃お願いします!!

「ご機嫌ようですわー!!　お邪魔致しますわー!!」

『くっ！　しかし、間に合ったぞ!!　さあ、復活せよ!!　キャプテン・トルネーダ!!』

「何ッ!?」

この私を差し置いて、アンデッドの復活だとー!?　やらせるか、私が先だよ!!　キャプテンって

ことは多分これがバビロン様の言ってた海賊王でしょ！　そのアンデッドは私のものだー！

「い、い、起きろ!!」

「えっ」

「あっ」

『【アニメイト・デッド】を発動、【キャプテン・アンデッド】がアンデッドとして復活しました』

『キャプテン・アンデッドが貴方の従者になりました。名前を――名前は【トルネーダ】です』

『グレーターリザレクション!!』

『大司教アーチバルが【グレーターリザレクション】を発動、MISS……。対象が存在しません』

「あら～。これは、可哀想な予感がしますわ……」

「此方も、そう思いまする……」

ふっ……。一手、遅かったな！

「ふわ～……。よく寝た……？　あ～？　なんだい、アンタ達は？」

『おお、蘇ったかキャプテン・トルネーダ！　でかしたぞアーチバル殿！　我はこの都市の支配を取り戻すべく、お前を復活させた大司教！　ノーラノーラであ――アッ………？』

『トルネーダが【ギロチンチョップ】を発動、大司教ノーラノーラの脳天をかち割りました』

「うるっさいねえ!!　あたしは寝起きで機嫌が悪いんだよ!!」

え……？　手刀で、頭を、ぱっか――んって……？　一発？　どんなパワーしてんのこの人

……っていうか、キャプテン・トルネーダって、女の人なの!? うわ、でっか! 背も、え、私より胸部装甲が立派じゃない……!? 真っ赤な長い髪も、セクシーだわ!!

それにしても、骨の状態から一発で受肉まで行われるなんて、リアちゃんの時とは大違い……。バビロン様が手を貸してくださったわけでもないし、どうして……? もしかして、この地下霊廟にずらりと並んでいる変なアイテムが、アニメイト・デッドの効果をブーストしてくれたってこと!? それじゃあまだ残ってるアイテムで、もう1人も即時復活可能ってこと?

じゃあとりあえずここにあるアイテム、全部回収しておこうか。この戦斧《せんぷ》は重いし弱そうだから回収しなくていいや。回収し終わったらトルネーダさんとお話を……。

「あ～……。頭が痛い、酒を飲みすぎたかね……」

「トルネーダさん、で良いですか? ここがどこか、わかりますか……?」

「あ～……? なんだいずいぶん陰気臭い格好したお嬢様だねぇ? ああ? ここは、あたしの船じゃないね? なんだい、この墓場みたいな暗くてジメジメしたとこは?」

んんん……! これはトルネーダさん、気がついてないな、自分が死んだことに!! 結構気性が荒いお方みたいだし、やんわり伝えないと。

「あ……もしかしてあたし、死んだのかい?」

「ん～～……。もしかしたら、そうかも……」

「もしかしなくてもそうですわね」

「じゃあここは死後の世界ってことかい!」

「いや、そうではないんですけど……!」

あ、なんか勝手に変な解釈を……！　違うんです、そうじゃないんです!!

「あ!?　あんたはコルダ王女……!?　じゃない………？　そっくりな、別人だね……」

「え？　わたくしはペルセウス！　あなたを復活させた死霊術師、リンネさんのお友達ですわ！」

「ペルセウスね、あいよ。あたしは泣く子も黙る海賊王、キャプテン・トルネーダさ!!　なんだい、知らないとは言わせないよ!!」

どうしよう、知らない。とりあえず復活阻止の為に起こしちゃっただけとか言えない。あわわわ……。

「此方は存じておりまする」

「え」

「えっ」

え、なんで姫千代さん知ってるの？　嘘、知り合い？　ええ……？

「あぁ……？　ああ!!　く、国落とし……!!」

「ええ、本当にお久しぶりに御座います。まさか、このような遠い異国の地で再会するとは」

「国落としが、国だけじゃ足りずにあたしの首も欲しいってかい!!」

「いえ、そのようなつもりは……。それに此方には、姫千代という名が御座いまする」

「二度とその面《つら》を拝みたくないと思っていたのに、どういう因果なんだいこれは。国落としが」

「姫千代に御座います」

「……お前があの時から全く老けてないところを見るに、死んでからそんなに時間は経ってないってことかね？　ああ、死後の世界だったかい？　そりゃ老けてなくて当然……ってことは、お前

も」

「いえ、ここは現《うつ》し世。死後の世界では御座いませぬ。此方もつい最近目覚めたばかりで」

どうしよう、まさか海賊王が千代ちゃんと知り合いで、しかも国落としの名を知ってるってことは相当因縁が深そうで、しかもしかも、かなり仲が悪そうなんですけどー……!!

「これは……これが、あたしの墓？」

「そうで御座いますね」

「……………今、何年だい？」

「メルティナ暦で言うと、１１４７年に御座いますね」

「３２２年も前じゃないかい!?　あんた今何歳だい!?」

「と、歳は！　その、えっと、秘密で御座います！」

「今メルティナ暦１１７０年でしてよ？」

「…………此方も、23年も、死に晒しておりましたようで御座います！」

「ああマズい、目眩がして来たよ……。あたし、もう一回寝て良いかい……？」

千代ちゃんもそんなに昔から生きてたんだ……。ってことは、おにーちゃんもあの崖下の洞窟に23年間はいたんだ。千代ちゃんが死んじゃったのは比較的最近っちゃ最近なのね。

『オ、ノレ……！　許セン……！』

「ああ!?　頭をかち割られてまだ生きてるのか！　大司教の生命力はゴキブリ並みかい！」

「まだもう１人のお墓を見つけてないの！　死霊爆発は今は使えないよ！」

「仕方ないですわね！　トルネーダさんは武器は何が得意ですの!?」

「トルネーダ殿は両手斧、二本持ちに御座います」

「「両手斧を二本!?」」

ちょっとまって、両手斧を両手持ちじゃなくて、二刀流ってこと!?　右手と左手にそれぞれ両手斧を持って戦うってこと!?　まさか、その戦闘スタイルが竜巻みたいだからってキャプテン・トルネーダって呼ばれてるなんてことは……あっ、昨日拾ったバイキンアックスがあるよ！　もう一本は～……ああ！　こいつらがわざわざ用意してくれてたのがあるじゃないの！

「トルネーダさん、これを使って！　もう一本は祭壇にあるやつを！」

「おうさ！　おお!?　昔使ってたものに似てるねえ、この紫色の戦斧！　気に入ったよ！」

良かった気に入ってくれて。うわあ、それと今頃気がついたんだけど、ログ見返したらノーラノーラの頭をかち割ったって書いてあるけど、経験値が入ってないわ。倒したとか死亡したとか書いてないし、死体安置所での死亡確認を怠った私のミスだなあ……。

『我ハ、人間ヲ、ヤメルゾォオ!!　コレガ、アノオ方ヨリ授カリシ、天使ノ肉体ダァ!!』

『大司教ノーラノーラの肉体を謎のウイルスが侵食し、堕天使ノウラエル（Lv．100）に変身しました!!』

あ。どうしよう、まだローレライのお墓が見つかってないのに、木端微塵に破壊したくなって来た!!　私が嫌いな天使の中で、いっっっっっっっちばん嫌いな奴が出てきた!!　天使のクセに悪魔側にすり寄ってくるクズ、ゴミ!!　黒い天使の羽をつけただけで『悪魔で～す』って言い張っているクソカス!!　悪魔側に近寄ってきたクセに『いやでもまだ天使なんで～』って、中途半端なゴミカスがぁ……!!

「あ〜……。あーちゃんが一番嫌いなタイプですわ……」

「あたしもああいうのは嫌いだね。中途半端なクソッタレだよ」

「リンネ殿、お下がりくださいまし！」

「いいや我慢できないね！　おら死ね！　穿て、カースピア!!」

『Ｗｅａｋ！　堕天使ノウラエルに１２８８１ダメージを与えました！　呪い状態になりました』

『クァアアア！』

「聖属性！」

「そんじゃあ、今度は一緒に殺ろうかい！　国落とし！」

「その名前で呼ばないでくださいまし!!」

呪い効くよぉ!!　呪い効いたねぇ!!　聖属性だね聖属性!!　ちゃっかりトルネーダさんに渡した戦斧、バイキンアックスは闇属性だよお!!　トルネーダさんの攻撃は、アレによく効くだろうねえ!!　ああ、ペルちゃんも攻撃を闇属性に出来るんだっけ！　うわっは〜!!　弱点タコ殴り祭りじゃ〜!!　天使は皆殺しよ!!　絶滅しろ、絶滅ー!!

「あーちゃん!!　探しものがあるのでしょう!?」

「あ、そうだわ。じゃあ任せたから」

『舐メルナァアア!!』

『ペルセウスが【魔大剣・ハイパースラッシュ】を発動、Ｗｅａｋ！　堕天使ノウラエルに４３４１４ダメージを与えました。堕天使ノウラエルが力尽きました……』

「え……？」

「これは……」

いやあ、ノウラエルは強敵でしたね……。いやいやいやいや、ペルちゃんの圧倒的な大火力で一撃ですか？　教会の裏ダンジョンのドゲルより弱いんですけど。こんな雑魚はこの世から抹消したほうがいいね。死体安置所に入れるのは癪に障るけど、死霊爆発で……あれ、あれ、あれ？　入らない？

『堕天使ノウラエルが復活しました』

はあ……？　勝手に、復活した……？

『我ハ不死身！　何度デモ、蘇ルノダ！　サア、神ノ裁キヲ受ケヨ！』

『堕天使ノウラエルが【ファイナルカタストロフィ】の発動準備状態になりました!!』

「ああ、これはヤバいですわ！」

『姫千代が【一刀断鉄】を発動、即死！　堕天使ノウラエルが首を刎ねられました』

『堕天使ノウラエルが復活しようとしています……』

「気持ち悪いねえ、ゴキブリだって叩き潰せば死ぬっていうのに！」

『トルネーダが【ダブルバスター】を発動、堕天使ノウラエルがバラバラになりました』

『堕天使ノウラエルが復活しようとしています……』

うわあ、いくらバラバラにしても肉体が動いてくっつく！　どうやっても復活を阻止できないわけ!?　そうだ、もう1人大司教がいたじゃん！　あいつが絶対何か知ってるはず。どこに行った、どこに隠れた……？　ああ、わかった！　さっき開いてたはずの棺が閉じてる!!　あの中に隠れたでしょ、絶対そう！　ほら、隠れてないで出てこい腰抜け!!

『うわああ、うわあああああ!!』

「隠れてないで出てきなさい!!　言え、秘密があるはずよ!!」

『一番奥の棺だ、それが、それがセイレーンの亡骸だ!!』

「そうじゃない!!　いやそれもなんだけど、アレの弱点は!!」

『し、知らない、ノーラノーラがあんなバケモノになるなんて、転移して逃げたオル――』

『お喋り、ガ……。黙って、我が力トなレ……クックック……』

『堕天使ノウラエルが、大司教アーチバルの肉体を吸収します……』

『堕天使ノウラエルが復活しました』

　最後の最後で邪魔された。何か重要な情報を聞き出せそうだったのに！　こいつ、仲間を吸収して復活を早めることも出来るのね……。そうなると厄介だわ、この途中で倒した連中の死体も吸収して無限に復活するかも。あっさり倒せるとは言え、何十何百と復活されたら流石にジリ貧になる。それに、さっき発動しようとしたファイナルカタストロフィ……あれは絶対に発動させるわけにはいかない。さて、どうしようか……！　いや、どうするも何もないか!!

「ペルちゃん、全速力でここから逃げて地上に行って」

「えっ!?　わたくしも戦いますわ！」

「お願いだから、早く！　全力で!!」

「うう、わかりましたわ!!」

『我が力を前にして、仲間を逃がすことを優先するとは、素晴らしい友情だなぁ……』

　聖域内部には私達の復活が遅くなるペナルティが発生する。これは恐らく相手にとっては逆、聖域の力を扱えるなら復活を早める力があるはず。つまり、聖域を潰さない限りノウラエルは何度で

も復活する……私の推理が正しければの話だけどね。

　このままノウラエルを倒し続ければ聖域の力が弱まって、バビロン様に言われていた条件をクリア出来るかもしれない。でも、さっき吸収されて死んだアーチバルって小太りの大神官が言ってい
た『転移して逃げたなんとか』って仲間がまだ近くにいる可能性がある。そいつが聖域を維持し続けられる何かしらの術を使える場合は長期戦、もしくは無意味な戦いになる。

　そして何より地上で籠城しているお昼寝さん達にとっても、長期戦となるとかなり苦しいはず……。いずれリソースが尽きて籠城も破られる。本来は短期決戦が望ましい。

『さあ、覚悟は出来たか？　お前たちの次は、先程逃げた女だ!!』

「覚悟をするのは……」

『【死体安置所・5～10】の死体を全て発射しました』

『【死体安置所・4】に【姫千代】を納棺しました』

『【死体安置所・5】に【キャプテン・トルネーダ】を納棺しました』

『【死体安置所・6】に【ローレライの遺体】を納棺しました』

『はっはっは！　我に供物を差し出すとは、全てを諦めたか!!』

「――これからここで押しつぶされる、お前の方だ!!　塵と消えよ、死霊爆発!!」

　こちらが理想とする展開、その全てを実現出来る策を思いついた。何度でも復活し、聖域も破壊し、短期決戦で決着を付ける方法。それはこの地下霊廟、いや教会ごと全てを破壊して、こいつを押しつぶすことよ!!　ここでは転移が使えるんでしょ？　ならこれだって使えるはず!!

『ギルドポータルを開きました』

『死霊爆発を発動、全ての死体が爆発します!!』

ギルドポータルは部外者立入禁止、お前はこのポータルから外に出ることはできない！　ペルちゃんを先に逃がしたのは、まさか私達まで逃げ出すことはないだろうと相手に思い込ませるため。

『しまっ――――!!』

『Ｗｅａｋ！　堕天使ノウラエルが合計１９８１２８９ダメージを受けました』

『ギルドハウスに転移します』

青ざめたな？　お前が何度復活しても関係ない、とっておきの処刑法だよ。ありがたく受け取って、永遠に死に続ける苦しみを享受するがいい!!

「――ふう！　危なかった危なかった、とりあえず皆のところに急がなきゃ！」

安心するのはまだ早いわ！　ギルドポータルでギルドハウスに帰ってきたから私の勝ちってわけじゃないのよね！　これでちゃんと聖域が破壊されたか、教会は木っ端微塵に吹き飛んだか、お昼寝さん達が苦しい状態じゃないかを確認しに行かないと！　あ、それとペルちゃん大丈夫だったかな？

「深淵よ、我が道となれ。アビスウォーカー！」

『【アビスウォーカー】状態になりました。どん太の影に転移しました』

『わう？　わん！（あれ？　おかえり！）』

『【アビスウォーカー】を解除します』

「やあやあどん太くん、いっぱい暴れてるみたいで何より……教会はきちんと瓦礫になったね」

ふ～。私の狙い通り、教会がさっきの大爆発で崩れて瓦礫の山になったわ！　だっはっは、堕天

使は生き埋めよ、生き埋め！　ざまあみろ！

「教会が……」

「破壊するなんて、正気じゃねえよ！」

「お？　なんだ、プレイヤーか～。千代ちゃ～ん、トルネーダさ～ん」

『**【死体安置所・4】から【姫千代】を召喚しました**』

『**【死体安置所・5】から【キャプテン・トルネーダ】を召喚しました**』

「およ……？　外……？」

「くぅ～～眩しいねぇ……。これがローレイかい？　すっかり変わっちまったねぇ！」

さて、教会はすっかり破壊したけど……。聖域の破壊完了にはチェックマークが入ってないなあ……。まだこんなもんじゃ足りないのかな？　うーん、これ以上となるとどうすれば良いのかな？

ノウラエルは生き埋めにしたけど死亡ログが届かないってことは、生き埋めになってるけど復活しようとし続けてるってことだよね。やっぱり聖域をどうにかしなきゃいけないのね。

「なんだい？　このデッカイワンコは！　可愛いねぇ!!」

『わう!?　わううう！（え、誰!?　やめて～痛いよ～！）』

「焼け死ね《グィ・ゾダス》!!　絶滅しろ《アニエーラ》！！！　絶滅焼夷弾《アナイアレーションナパーム》!!」

『**オーレリアが【絶滅焼夷弾《アナイアレーションナパーム》】を発動しました**』

「うわあああああ!!」

「ぎゃああああああ!!」

「熱い!!　熱いぃいいいいい！」

「燃え、る……ッ……」

あ、どん太のもふもふが気になって気がつかなかった。今ようやく周囲を見て気がついたけど、周りが火の海なのはリアちゃんが燃やしまくってるせいか。バトルログうるっさ……。どんだけプレイヤー殲滅してんのよ。

うわあ、リアちゃんが凄く悪い顔！ オリジナリティ強めの笑顔だわ！ 火の海で悶えるプレイヤー見てご満悦になってるじゃん！ え、スクショ激写しとこ。可愛い……。

「何回も燃えてりゃ、対策ぐらいする！ 火なんざ効かね――」

「ばーん」

『07XB785Yが【スナイピングショット】を発動、ヘッドショット！ クラシマがキルされました』

「くそっ!! どうにかなんねえのかよ、あの狙撃!!」

「あの大盾持ちの騎士が馬鹿硬え!!」

『ш(゜д゜ш)オホーン』

「クソムカつくエモーション出しやがって!!」

リアちゃんとレーナちゃんは高台に陣取って、おにーちゃんに守られながらやりたい放題やってるのね。火属性対策を積んできたプレイヤーには、反対の水属性の魔弾でも撃ってるのかな？ 火属性で面の攻撃をされて、抜け出せたとしても水属性の点の攻撃で撃退される。それを抜けたとしても、今度はお昼寝さん達、近接職の皆様が待っていると。しかもどん太が定期的に範囲気絶を放ってきて絶望的な状況なのね。

あれ、あれ？　人数がかなり少ないような……？　え、お昼寝さんと、ハッゲさんと、レイジさん、エリスさん、レーナちゃん、リアちゃん、どん太しか残ってない!?　このメンバーだけで何十人もの相手と戦ってたんですか!?　うわあ、短期決戦を選択してよかった……。

『エリスが【サソリの舞】を発動、即死！　複数のプレイヤーがキルされました』

「んん～？　リンネちゃんも出てきてたんだ～。なんでこんなに襲われてるかって言うとね、向こうは女神メルティスから防衛戦クエストが出されてるみたいなんだよね～」

「あ……。なるほど……。それでこんなにプレイヤーが……」

あー、お昼寝さんに状況を聞いて納得。あっちは女神メルティスから防衛戦のクエストが出されてて、私達を討伐しないとクリアにならないのね。まだ失敗扱いになってないってことは、やっぱりこっちが目標を達成してないって扱いなんだよね。そうなると……。聖域かー……。

「オーッホッホッホッホ!!　お退《ど》きなさいな～!!」

「げえっ!?　ペルセウス!?」

「やっぱり居たのかよ！　くそっ!!」

『ペルセウスが【アローレイン】を無効化しました』

ああ良かった、ペルちゃんも無事だったのね。瓦礫の中から出てきた気がするけど、気のせいだよね。まさか巻き添えくらってちょっと埋まってたとか……うん、後で謝ろう。本当にごめんなさい。

「は、なんで効かな――――」

『ペルセウスが【魔双剣・ハイパースラッシュ】を発動、ゴードンとセルナに平均４５５５０ダメ

ージを与え、キルしました』

「戦利品獲得妨害？　キルしても戦利品が得られませんの？」

「向こう側のクエスト受けてる奴は保護されてるんだよ～」

あーなるほど。女神メルティスの防衛戦クエストを受けてる奴は保護されてて、戦利品が得られないなんて状態なのね。向こうはゾンビアタックし放題、こっちは消耗する一方、面倒だなぁ～不利過ぎる。聖域が教会を破壊するだけじゃまだ維持されている状態なら、どうすれば良いんだろう。

「豪快だねぇ!!　あたしも出るよ、楽しそうじゃないか、ええ!?」

『トルネーダが【トルネーダスペシャル】を開始しました』

え、うそ、トルネーダさんも行っちゃった……！　大丈夫かな……？　いや、うん！　トルネーダスペシャルって何!?　両手斧を持って突っ込んで行っただけにしか見えないんだけど!?

「おいおいおい、両手斧じゃねえのかよアレ！」

「嘘だろ、ガードしてなんとかなるのか!?」

「砂の盾よ、守って！　サンドシールド!!」

「風の刃!!　エアスラッシャー!!」

『トルネーダが【エアスラッシャー】を吸収しました』

風……吸収するんですか……？　トルネードにそよ風なんて意味がないってことですか……？

名前の通り、竜巻のようなお方なのですね……。

「あたしに向かって風魔術だぁ!?　いい度胸だねぇ!!」

「来ないで、来ないで!!　きゃあああああ!!」

「サンドシールドがある！　おちつい――――」

「脆い脆い脆い!!　あっはははは!!　あ――っははははははは!!」

『もいもいが【トルネーダスペシャル】を受け、サンドシールドが崩壊！　マナバリアが崩壊！　頭装備破損！　体装備破損！　足装備破損！　合計25010ダメージを受け、死亡しました』

『【トルネーダスペシャル・レベル2】に成長！　攻撃速度が加速しました！』

『クラーナが【トルネーダスペシャル・レベル2】を受け、サンドシールドが崩壊！　マナバリアが崩壊！　頭装備破損！　体装備破損！　足装備破損！　合計280405ダメージを受け、死亡しました』

『【トルネーダスペシャル・レベル3】に成長！　攻撃速度が更に上がりました！』

いやいや、いやいやいやいや……。そんな棒きれを振り回すみたいに、軽々と両手斧を振り回さないでくださいよ、トルネーダさん……。しかもどんどん回転が速くなってる……!!

「愚か者ども《ゲグ・ナウダス》、圧倒され《ヴァスティ》よ、破壊され《ヴァースタ》よ、これぞ龍の一撃《ドラゲラム》!!　破壊の息吹《バスターキャノンブレス》!!」

『オーレリアが【破壊の息吹《バスターキャノンブレス》】を発動しました』

ああ……!!　ペルちゃんとトルネーダさんが風魔術オッケーだって判断した瞬間、リアちゃんが風の龍魔術をぶっぱしちゃったよ……！　いやーもう止まらない、止まらないね！　ここまで来たらもうとことん殺るしかないね！　わかった、そっちは任せよう！

『ペルセウスが【破壊の息吹《バスターキャノンブレス》】を無効化しました』

『トルネーダが【破壊の息吹《バスターキャノンブレス》】を吸収し、【破壊の大嵐】に成長！　攻撃力が300％向上しました！』

うわああああああ……。　なにそれぇ…………。

「うわああああっ!!」

「何よこれ！」

『ミルニーダが【破壊の大嵐】を受け、全装備破損！　合計533405ダメージを受け、死亡しました』

『ジョンスが【破壊の大嵐】を受け、全装備破損！　合計892405ダメージを受け、死亡しました』

『サリアが【破壊の大嵐】を受け、全装備破損！　合計527774ダメージを受け、死亡しました』

なんか今、見覚えがある名前があったような……。ああ、教会に行くときに襲ってきたＰＫの名前だわ。サリアとミルニーダがそうだった気がする。こっちはクエストっていうより、もしかしたら私達のギルドに対する私怨かな？　ん、そしたら大盾持ちとアサシンっぽい奴も近くにいるんじゃない？

「見つけたぞ、てめえ……!!」

『Σ(、∀゜;)』

あ……。どうも、さっきぶり……。あれは教会に行く前にやっつけた、アルトラとか言ったっけ？　リベンジマッチだね。装備はどうしたんだろ、なんかしょぼくなってるように見えるけど。

「おらぁ!!」

『アルトラが【アサシネーション】を発動、フリオニールの首を刎ねました！』

「しゃあ！　勝った、ざまあ!!」

あ～すみません、その人頭ね、飾りなんですよ……。

『フリオニールが【シールドバッシュ】を発動、アルトラが5579ダメージを受けました。スタンしました』

『07XB785Yが【クイックドローショット】を発動、アルトラが43771ダメージを受けました』

『フリオニールが【処刑】を発動、アルトラが即死しました。【ダーク+6】を獲得しました』

え、あいつクエスト受けずにここに来てたの？　バカじゃないの……？

『(*´ω｀*)』

「頭取れた、大丈夫？」

『(´・ω・)b』

「大丈夫なんだ。なら、よかった」

アルトラ、また処刑されてる……。またおにーちゃんに負けてる……。しかもレーナちゃん達が近くにいたのに、そりゃあ無謀でしょうよ。悪手も悪手なんですわ。んー、千代ちゃんは『あ、お肉の焼ける匂い……！　お腹が空きました……』とか言ってるし、このままだと千代ちゃんの充電切れが近いかもしれない。この人はお腹空きすぎると倒れるからね……。困ったなぁ、聖域の破壊方法がわからないし、早く勝利しないと流石にジリ貧だよね……。

「どうやったらこっちが勝利になんねん!!」

「いやーわかんない、困ったよねー」

「ギルメンの復活が遅すぎるで、なんや聖域の力って！　こっちにはただの呪いやんけ！」

「まあ僕達にとってはそうだよね～」

　ああ、確かに聖域ってこっちにとっては呪いみたいなものかも。向こうにとっては祝福なんだろうけどさ……。うん？　じゃあ、聖域を呪ったら破壊できるんじゃない!?　どうだろう！

「沈め、ネガティブオーラ」

『MISS……。対象が存在しません』

「ん～ダメかぁ………」

　ネガティブオーラじゃ意味がないか～。やっぱこれは生き物に効くやつだから、建物には効かないよね～…………。あ～……？　物、物かぁ……。

「……試してみる価値はあるかな」

　これ、教会の残骸は物扱いだよね？　もしかしたらアレの対象になるんじゃない？

「捧げよ」

『聖メルティス教会の【アニメイト・フェティッシュ】に失敗しました』

　んーだめか！　駄目だよね～、やっぱりそう上手くは……ん？　対象に選んではいる……？　あれ、さっきは対象が存在しませんだったのに、今回は失敗？　あれあれ？　あるなぁ……!?

　待てよ待てよ？　よーく考えるのよ私。アニメイト・フェティッシュに必要なものをよく考えるのよ。まずは対象となる装備、これは今回教会に置き換わってるよね。そしたら呪いのアイテムと、死体も必要になるよね？　つまり、この教会のサイズに見合った呪いのアイテムと死体があれば、発動に成功するってこと？

「お昼寝さん！　ギルドハウスのアイテム、使ってもいいですか!?」

「ん、この状態を打開するのに必要ならいくらでも～」

「ありがとうございます！　千代ちゃん、ギルドハウスまで護衛して！」

「ええ！　此方にお任せを！」

ギルドポータルは使ったばっかりでクールタイムが発生してるから使えない、呪いのアイテムを倉庫から取り出すには徒歩で行くしかない。

「――紅蓮、爆轟《ばくごう》！！　ファイアエクスプロ――――ジョン！！！」

『アッチーナが【ファイアエクスプロージョン】を発動しました！』

「リンネ殿！」

「ああ、火属性なら大丈夫。千代ちゃんだけ避けといて」

馬鹿め、私に向かってフ、ァ、イ、アエクスプロージョンとは。火属性はクリムゾンバングルの効果で無効なのだぁ……。

『【ファイアエクスプロージョン】が直撃しました。火属性は無効です』

『姫千代が【水月】を発動、回避しました』

『姫千代が【一刀断鉄】を発動、即死！　アッチーナの首を刎ねました』

ぬわーっはっはっは！　不死属性が火無効ってズルいって？　自分の弱点をカバーして何が悪いのか。私に効くのは、聖属性だけなのよ！　悔しかったらホーリーエクスプロージョンでも修得してきなさいな。ふっふっふ……！

「その隙貰った！」

『フリオニールが【シールドバッシュ】を発動、マーさんが5522ダメージを受けました。スタンしました』

『(´・ω・`)』

「あ、ありがとうございます！」

リアちゃんの隙をナイスカバーよ、おにーちゃん！　相変わらず良い働きするねえ……。渋い仕事人な感じが定着してきたね。

『ワウーッ!!　(リアちゃんに近寄るなー!!)』

『どん太が【爆滅二段掌】を発動、マーさんが合計328172ダメージを受け、死亡しました』

やっぱりどん太の攻撃力はえげつないわ、しかも巨体の割に素早いのよね……。さて、ギルドハウスに到着よ。いくら生き残ってる皆が強いとは言っても、だんだんと戦線が上がってきている。リアちゃんやレーナちゃんが狙われるようになっているのはかなりマズい。急いで戻らないと！

「あった、この呪いのコインを全部使っちゃおう！」

「此方が先に外へ出まする。リンネ殿は後に続いてくださいまし」

「いや、アビスウォーカーで戻るよ。千代ちゃんには陽動をお願いしたいな」

「陽動に御座いますか……！　ええ、お任せください!!」

『【アビスウォーカー】状態、どん太の影に転移しました』

さあ、千代ちゃんが派手に暴れてる内にアビスウォーカーで戻ろう。さっきは材料不足で発動しなかったけど、今度はちゃんと材料が揃っている。これで発動したら……どうなっちゃうんだろうね？

『わう？　わん！（あれ？　おかえり！）』

『【アビスウォーカー】を解除します』

「ややあどん太くん、さっきもこのやり取りをした気がするね？」

死体はどうするんだって？　やだぁ、ここは戦場ですよ？　それに教会の地下では私と出会えずに死に損なった奴らがぺしゃんこになっているはず。それらが死体の対象として選ばれるでしょ？

つまり足りなかったのは、呪いのアイテムだけってことよ！　さあさあ、発動するわよ！　これでダメだったら、本当にどうしようかしら!!　あ、そうだ。ちょっと格好つけちゃおう！

「呪え。呪え。総てを呪え。あらゆる悪、闇を、淵なる力を！　我等が魔神へと捧げよ！　アニメイト・フェティッシュ!!」

さあ、これでどうだ!!　呪われろ、呪われて消滅しろ！　バビロン様の邪魔をする聖域!!

『聖メルティス教会が呪われました！』

きったぁあああああ!!　これは、アニメイト・フェティッシュで呪う時と同じメッセージだー!!　絶対勝った、絶対上手く行ったー!!

『魔神バビロン、死霊術師ミーシャ、呪物師カーサ、反魂師リザが【アニメイト・フェティッシュ】を発動、スキルリンク！　【アニメイト・ミックスフェティッシュ】が発動!!』

『エリアアナウンス：ローレイの聖域が消滅しました!!』

『聖メルティス教会が変質しました！』

『魔神バビロン教会に変異しました！』

『呪いが拡大し、対象が追加されます！』

し、知らない人達の名前がいっぱい出てきたよ……!?　た、対象が追加された!?　何が追加されてるの、えっと、えーっと！　私はどうすればいいの!?

『呪いが更に拡大、ローレイエリア全体が対象に追加されました!!』

ええ、えええええ!?　ローレイエリア全体が対象に!?　聖域が破壊されただけで、そんな凄い勢いで勢力が拡大されるんですかー!?

『死体が足りません！！！』

死体が足りない～!?　いやいや、捧げられるような死体はもうないんですけど、どうしよう、どうすれば良いんだろう……？　あ～……バビロン様ぁ～！　申し訳御座いません～!!

『堕天使ノウラエルが圧死しました』

あっ、死体増えた。聖域が消滅したから復活出来なくなったんだ。うへへへ、ラッキー。

『追加の死体投入を確認、全ての条件を達成しました』

『【アニメイト・ミックスフェティッシュ】が発動します!!』

は、はは、あっは……！　出来た～!!　出来た出来た出来た出来た出来た……!!　発動する、とても大きな呪物が、きっと私の思い描いてるものが、完成する!!

『魔神バビロン教会が更に呪われました！』

『魔神バビロン教会が呪物化します！』

『エリアアナウンス：ローレイエリアに【★魔神殿】が出現します!!』

魔神殿!?　魔神殿の完成だぁああ!!　きっと名前の通り、魔神様を祀る場所に違いない、バビロン様の地上進出!!　その第一歩を私が!!　この手で!!　私達がぁ!!　やった、やったぁ……！！！

成功したあああ……!!　あああああ――!?

「なんやなんや!?　足元から、何かせり上がってくるで!!」

「うわわわ、うわわわわわ……!?」

「何が!?　これは、建物ですの!?　リンネさん、いったい何をしましたの――!?」

『わおぉぉ――ん!!（大きいのが出てくるよ!!）』

「なんだいなんだい、飽きないねえ、楽しいねぇ!!　こんなにあたしがドキドキしてるの、久しぶりだよ!!」

『Σ(、∀゜;)』

足元から、魔神殿がせり上がってくる……!　教会と、ギルドハウスと、隣の宿に近くの広場まで全部を呪いの泥が飲み込んで!!　巨大な、巨大な建物が……魔神殿が!!

『ワールドアナウンス：女神メルティスの【ローレイの聖メルティス教会防衛戦】クエストが失敗しました』

『勢力アナウンス：魔神バビロンのクエスト【ローレイの聖域を破壊して頂戴♡】が成功しました』

『ワールドアナウンス：貿易都市ローレイ、及びローレイエリアが【魔神バビロン】の支配下に置かれました』

『ワールドアナウンス：貿易都市ローレイが【魔界都市ローレイ】になりました』

『ワールドアナウンス：ローレイエリアが【魔界化】しました』

凄い……。ゴシック建築の、物凄く綺麗な……。灰色の壁に赤黒い屋根が綺麗なお城が……。建

っちゃった……。皆、もう口がぽかーんと開きっぱなしで、誰も何も喋らないで絶句してるよ……。

『エリアアナウンス：ギルド【華胥《かしょ》の夢】が【★魔神殿】に招待されました』

『エリアアナウンス：ローレイエリアに複数体の強力な魔界系ＮＰＣが出現しました』

『エリアアナウンス：魔神バビロンが降臨します!!』
バ、バビロンちゃんが、降臨する!? ほ、本当!? やった――
『やった～!! ワ・タ・シ・の！ 念願の！ まい、ほ～～～～む♡♡♡』

「バビロン様ぁあああああああ～～!! カワイイ、ヤッタ～～!!」

ギャアアアアアヅヅヅ！ ！

ガヴイイ！ ！ ヤヅダ――！ ！ ！

第四章　波乱万丈

「……さん！　リンネさん!!」

「あ……？　あ、あ……？」

あー。あー……？　ペルちゃん……？　おお……!?　バビロン様降臨から意識が吹っ飛んでた……。すっごい可愛かった……。

いやはや、しかし大変なことになっちゃったよこれは……。今までシークレット的な存在だったバビロン様が、大々的に表舞台に出てきちゃったよ……？　しかも、魔界化ってなに……？　一度キッカケが出来た瞬間から、もうドミノ倒しみたいにだーっと事態が進行してくんだけど!!　何が起きてるのかついていけないよ!?

「ママー！　もうメルティスを信仰してるフリをしなくてもいいの－？」

「ええ、もうメルティスの信徒だなんて嘘をつかなくてもいいのよ！」

「おお……！　真の救世の女神様が、魔神様が降臨なされた……おおおお……」

「アンタ！　そのままぽっくり逝っちまうんじゃないよ！　これから毎日参拝に行くんだよ！」

「遂に、遂に俺達は、メルティスから解放されたんだ!!　やった、やったぁあああ……！！！」

えええー……？　ローレイの住人ＮＰＣが次々と家から出てきたと思ったら、もう魔神崇拝始め

てる人まで居るんですけど……？　もしかしてローレイにメルティス信徒はほとんど居なかったの？

『ギルドメッセージ：魔神殿より招待状が届きました』

「お……。アカン、啞然として声も出んかった」

「招待状、だって～……？　僕達にみたいだけど、行ってみようか……？」

「これで俺達の勝利ってことで、いいんだよな……？」

「メールボックスに招待状ってアイテムが入ってるみたいよ～」

「招かれてるんやから行かなアカンやろ！　おらハッゲ行くで!!」

「おう。行くか！　遠目に魔神様の降臨を見たけど、すんごい見た目だったな！　近くで見たいぜ」

「私！　私が、一番に、行きます!!」

「そうだな、最初に行くべきだな！　はっはっは!!」

「そんなに急がなくても、魔神殿は逃げたりしないと思うよ～」

わっと！　私も周囲が動くまでぼーっとしすぎた！　魔神殿を建てた張本人なのに、入り口でぽかーんと周囲の観察をしてるだけだったわ！　早く行かなくっちゃ!!

『ようこそ、勇敢なる冒険者よ！』

『魔神様の招待状をお持ちですね。どうぞ、3階へお進みください』

「ひゃ、ひゃい……!!」

うわあ、魔神殿の中がとっても、綺麗……。こんな素敵なところにバビロン様が……。

『わんわんっ!!（中、広いね～!!　あ！　僕そっくりの子が居るよ！）』

「そっくり……？　どん太が2匹……？　嘘でしょ……」

「え？　あら本当ですわ!?」

魔神殿の中に入った途端、どん太がだーっと駆け出して行っちゃった。その先に居たのは、ええ。どん太にそっくりな大きな狼……。どん太とはえらい違いね。向こうはどん太と違ってワンコっていうよりも、狼って感じのオーラがしっかりと出て、気品もあるもの……。

『わうっ！（こんにちは！　初めましてて！）』

『あう～……？　わんわんわんわん！（おや……？　これは同族、初めましてて！　こんにちは！会えて嬉しいです！）』

お、仲良くなったっぽい……。お互いの匂いチェックでぐるぐる回るそれ、やっぱりワーグ同士でもやるのね。もしかして、あっちは女の子じゃない？　今聞こえた声、女の子っぽかったよ？

「お、なんやどん太が増えたで？」

「同族……っぽい子だね～」

『わぅ～、わんわん！　わぅ？（僕はね、どん太！　君は？）』

『わんわんっ!!　わう！（私は魔狼王モッチリーヌ3世、貴方はどん太さん？　可愛い名前ね！今日からお友達よ！）』

『わんわんっ!!（お友達！　やったー！）』

「モッチリーヌ3世…………!?」

「え、あの子の名前、モッチリーヌ……？」

「モッチリーヌ３世がお名前ですの!?」

「う、ん……魔狼王、モッチリーヌ３世……」

「モッチリーヌ３世……」

「ええ……」

あの子、モッチリーヌ３世って名前なんだ……。いやうん、確かにちょっと、もちっとした感じが可愛いよね……。もしこの魔狼王、誰かが使役してるとしたら……。ネーミングセンスが私並みの人が居るってことだよね……。いや待てよ？　この魔狼王、もしかして飼ってるのって………。

『わん、わうわう？（我が主、魔神バビロン様に呼ばれているのでしょう？）』

『わんっ！（そうだった、またね！）』

吉報、バビロンちゃん、ネーミングセンスが私と大差ないことが判明……!!

『わふっ……♡（可愛かった、お友達になった♡）』

「良かったね、お友達が出来て……」

「友達になったんかい……」

「他にも、あからさまに人間じゃないでーすって見た目の方々がいっぱいだねぇ……」

「まあご覧になって!?　あの大階段の踊り場！　バビロン様の黄金像ではなくって!?」

「……ほんまやなぁ!?　あの大階段の手前の祭壇が、一般信者の参拝するところっぽいなあ」

「あれが、魔神様かあ……」

「ん、絶世の美少女。出来れば結婚する」

「そ、そうか……」

「私は本気」

魔神殿に入って正面が大階段、その踊り場にはバビロンちゃんの黄金像!!　そこから左右に階段が分かれて2階に上がれるみたいだけど、ミノタウロスさん2人が大階段前に居て道を塞いでるなぁ〜……。すんっっごい強そうなんだけど、通して貰えるのかな……？

『止まってくれ。おお、これはこれは……！　どうぞお通りください』

『バビロン様がお待ちです。ここを上がって、3階へお進みください！』

「あ、ありがとうございい、ま〜す……」

メッチャ渋いオジサンボイスだったわ、ミノタウロスさん達！　イメージとちょっと違う声だったけど、あれはあれで格好良いね……！

「……絶対勝てへん」

「あ、わかる〜。僕も絶対勝てないと思った〜……」

「タゲ、した？　私、した」

「レベル表記が読めなかったな……」

「絶対強いですわ……。挑んだら即死しますわ、きっと」

「煌《きら》びやかだけどいやらしくない、静かで落ち着いた、いい神殿だねぇ〜……。見なよ、既に大勢啜《すす》り泣いて感謝の言葉を捧げているよ」

「いつの間にかすっごい増えてる……」

「わたくし達は御本人に会うのですけれど、なんだか特別待遇でドキドキしますわね！」

「私達、直接会うんですか……!?　こ、心の準備が……」

「此方はまたお会いできてもう泣きそうで御座いまする」

『(((;゜Д゜)))』

ふ――――……。落ち着こう、落ち着いて、バビロン様に会った瞬間意識が飛ばないように気を引き締めないと……。この3階への階段を上がったらバビロン様、この階段を上がったらバビロン様、ああああ心臓が、口から出るっ!! 出るな、止まってろ!! いや止まったら死ぬから動いてて!! うわああああああああ!! 死ぬ、死ぬ! 死ぬ!!

『ふんふんふ～ん♪ まいほ～む♡ まいほ～むっ♡ やっちゃ、やっちゃっちゃ～♡』

『――華胥の夢御一行、到着致しました!!』

『あぁぁ～来た来たぁ～♡ さ、もっと近くに寄りなさ～い!』

エ――――いやまだ死ぬな私、今物凄く尊いものを見たけど死ぬな……! やった～じゃなくて、やっちゃ～って言うの? うへ、うお、ああいい匂い……。あああああ美少女……。絶世の美少女……。やば……いつもより1億倍以上輝いて見える……。無理、尊い……。心臓止まった……。止まらないで……。動いて、動いて、動いてよ……!

「ああ、バビロン様ぁ……!!」

「いい……いい……」

『わうううう……きゅううううん……(怖いよぉ～……)』

『(((;゜Д゜)))』

ほえ～……美しい……。跪《ひざまず》きたい、脚舐めたい。いやそれは変態すぎ、まずはおててにキスしたい。ついでに嗅ぎたい、嗅いだら今日呼吸しなくていいんじゃないかな? 流石に死ぬか。

『さてとぉ〜？　あんた達、本当によくやってくれたわね〜♡　ワタシの教会が出来たらラッキー程度に思ったのに、あんなに沢山の貢物をしてくれるんだもの！　ワタシ笑っちゃったぁ〜!!』

「バビロンちゃん様のお家が出来て、私も嬉しいです！！！」

バビロンちゃんめっちゃ嬉しそうなんだぁ……。玉座でぴょこぴょこ跳ねてて可愛いんだぁ……。

うん……貢物……？　もしかしてあの時、呪いのコインを大量投入したのが、ローレイエリア全域に魔界化が広がった原因!?　そんなに強力な呪いのアイテムなんだ、あのコイン……。

『それでね？　あんた達のギルドハウス、ここの2階に用意しといたから〜♡　内装はそのままにしておいたし、宿もくっつけておいたからお部屋もいっぱいよ！　自由に使いなさいね〜？』

「え、あるんだ〜……！　よかった〜無くなっちゃったかと思った〜」

「ありがとうございます!!」

『元気なお返事で偉いっ♡　あ、そうだごっめ〜ん！　金のシャチホコ？　溶かしちゃった〜！　ワタシの黄金像にしたから♡』

「はい!!　大丈夫です!!　お美しく出来ていて最高でした！　持って帰りたいです!!　後でキスをします!!　毎日ベッドで添い寝して頂きます!!」

『だめよ〜？　あれは、あんた達のギルドに恩恵が出るんだから〜♡』

「はい!!　持って帰りません!!」

「リンネちゃん、バビロン様の言う事なら全部聞きそうやな……」

「聞く。死ねって言われたら多分死ぬ。生き返れって言われたら生き返る」

「ほんまかいな……」

んふ、んふ……。いっぱいお喋り、最高、ここ住む……。リアルに帰りたくない……！

『イカレ女～。ワタシも大事だけど、自分も大切にしないとダメ～♡　ちゃんとしっかりご飯を食べて、しっかり日常を送って、健康的にワタシを崇拝するのよ～？』

「はい!!　毎日ちゃんとログアウトしてぐっすり寝て学校行きます！！　いつも心にバビロン様で健康生活です!!」

『げ、元気ね～……♡』

やっぱり毎日ちゃんと健康的な生活をして、バビロンちゃんを常に崇拝して生きていこう。最高、もう、あ、ヤバい、視界がぐらぐらして来た……！

『あ！　これは失神する～！　その前にやることやるから～！　はいご褒美♡』

『魔神バビロンから【魔神バビロンの愛し子】に認定されました』

『カルマ値の下限が最低値に減少しました』

『カルマ値が－1000になりました』

い、と、し……ご……？　ジォ…………!!

◆　◆　◆

リンネさんがあまりの嬉しさに失神してしまいましたので、後でリンネさんへ説明する時にわかりやすいよう、バビロン様から頂いた情報を纏めておきましたわ。

ローレイの住民はメルティス教会に対して恨みを抱いていた方が殆どで、裏では教会側と戦う準

備を整えている勢力も存在したそうよ。この勢力とコンタクトを取って共に戦うのがバビロン様の理想だったようなのだけど、リンネさんが思った以上に大暴れしてくれたおかげで住民に被害なく勝利を収めたので、結果オーライだったようね。

さて、突如として誕生した魔神殿の主要NPCは【武器職人、六腕の鬼人アースラ】、【機織《はた》り職人、禍津アラクネのオリビエ】、【戦術教官、武人ロクドウ】、【武術教官、魔狼王モッチリーヌ3世】、【射撃術教官、自動人形姫グリムヒルデ】、【魔術教官、災厄の魔女にして初代ステラヴェルチェ女王、エキドナ】、【真理の追求者、錬金魔導師アルス】、【真理の追求者、魔界技師マグナ】、【葬儀屋ミーシャ】、【呪物師カーサ】、【反魂師リザ】、【魔神殿料理長クック】、【調教師サディーナちゃん】、【魔界門番オルくん&トロスくん】、【魔界門番長ケルベロスちゃん】、【魔神殿警備兵ミノス】、【魔神殿警備兵タウロス】、他にも色々な不死系、悪魔系、霊体系NPCが闊歩しているわ。

そしてローレイはリンネさんが頑張りすぎた影響で領地全域が魔界化したようでして、バビロン様が魔界で保護していた住人が、このローレイにお引越ししてきたようですわね。ローレイの住人には少し警戒していたようですけど、全員が友好的なNPCで、今では親睦を深めているようですわ。

「あ、ペルちゃんやっほ～」

「ご機嫌ようお昼寝さん。ギルドの皆様はもう転生なさったのかしら?」

「うん、全員迷わず魔界転生をやったみたいだよ」

「新しい風が吹いて、今後が楽しみですわね」

「物凄い大嵐のような風だけどね～。リアルタイムで大型アップデートをされた気分だよ～」

「このような大変動は他のオンラインゲームでもあることですの？」

「まさか、僕の知る限りはこんなのないね〜。みんなビックリしてると思うよ」

「前代未聞の出来事ですのね……」

お昼寝さんと今話していた通り、魔神殿では魔界転生を願い出て、所属陣営を魔界に切り替えることが出来ますわ。教官NPCに指導を頂くと、魔界側専用の職業に転職することが出来ますわね。これは、わたくし達が天使をぶん殴って転生してバビロン様のオススメに転職した方法とは異なって、バビロン様のオススメではなく教官NPCのオススメの職に就けるようですわ。

しかも、教官NPCのお弟子さん達に稽古を付けて貰うと、最大でレベル40まで上がるようですわね！　しかも基本的なスキルも教えて頂けるそうですの！　わたくし達のギルドメンバーも、みっちり稽古を付けて頂いているようですわ。

「そうそう、メルティス教会に所属しているプレイヤーは魔神殿に近寄れないどころか、ローレイに入ろうとするとオルくんとトロスくんに追い払われるみたいだよ」

「あら、完全に対抗勢力は入れなくなりましたのね」

「掲示板ではこの仕様に一部から批判が出てるけど、冷静に考えて敵の陣営に出入り自由だったらおかしいもんね。逆に言うと、僕達もメルティス陣営に入れないだろうし。そこはフェアじゃない？」

「確かにそうですわね。無所属だったらどちらも入れるのかしら？」

「そうそう、無所属ならどちらも入れるから、迷ってる人は無所属みたいだね。ただ同時にどちらのサポートも受けられないから、レベル40まで上げられる稽古も出来ないみたいだけど」

「悩ましいところですわね。一般的には悪のイメージがある魔界陣営に入るのは抵抗がある。でもサポートは充実していて教官も威圧的ではなく友好的。何かしら落とし穴があるようにすら感じるほどには機能が充実していますわね……」

「そうなんだよ、まさにそこだね。あまりにも友好的でサポートが充実しているから、後で莫大な対価を要求されるんじゃないかって怪しむ声も多いよ」

「無所属で様子を見るのはありかもしれませんわねぇ。ただ、なんの問題もなければただ単に出遅れるだけなのも事実ですわ。しかし私は思いますの……冒険者たるもの、まずは目の前の冒険に飛び込んでみるものではなくって？　リスクを恐れた者に栄光は摑めませんわ」

「リンネちゃんがそうであるようにね。本当、真の冒険者だよ。恐ろしいお友達を連れてきたねぇ」

「このままではわたくしも、どんどん置いていかれてしまうのではないかと心配ですわ！」

「僕も同感～。出来れば追い抜きたいけど、一歩の幅がありすぎるよ～」

お昼寝さんの言う通り、常にたいていのリスクは顧みず突き進んでいくリンネさんは、それに見合っただけのリターンを獲得し続けている。今はリンネさんと共に行動し続けているから同じレベルなだけで、少しでもリンネさんから離れたら、あっという間に置いていかれそうですわ。

「あ、そうだ。魔神殿で受けられるサポートを僕の方でも纏めたんだ、このメモに書いてあるから」

「感謝致しますわ！　こちらはわたくしの纏めた内容ですわ」

「ありがと～。助かるよ～……おおー綺麗に僕が調べてない内容ばっかりだ」

「本当、武具の作成に死体安置所、呪物の作成代行、ビーストテイマー……？」

お昼寝さんから頂いたメモには、わたくしが調査していない内容が多く含まれていましたわ。

まず、【葬儀屋ミーシャ】はリンネさんが使っているスキル、死体安置所を1個だけ貸してくれるそうですわ。特殊なインベントリ扱いで既存のインベントリを圧迫しない代わりに、スキル欄を1枠潰してしまうデメリットがあるようですわね。不要になったらミーシャさんに返却すれば、スキル欄からも消滅して1枠解放される、と。

更に死体安置所に納棺したモンスターの死体は、装備と呪いのアイテムと共に【呪物師カーサ】に持っていくと、デメリット付きのハイスペックな装備に変化させて貰えるそうですわ！　ただし成功率はやや低めで、ギャンブル要素がかなり高いようですわね。

そして今一番盛り上がっているらしいのが、【調教師サディーナ】にお願いすれば就ける、【ビーストテイマー】だそうですわ！　こちらはリンネさんが引き連れていたどん太君を自分も飼育出来るようになると、途轍もなく盛り上がっているそうなのですけれど……。

「え、従者が死んでしまうと、ロストしてしまいますの!?」

「そうなんだって。だからビーストテイマーは死体安置所が必須なんだよ～」

死んでしまった従者は放置するとロストしてしまうそうですわ。死体安置所に納棺して【反魂師リザ】にお願いして蘇らせて頂かなければならないのだそう……。

そして勘の良いわたくしはここでピンときましたわ。ミーシャさん、カーサさん、リザさんは間違いなくリンネさんと同じクラス、死霊術師《ネクロマンサー》ですわね！　リンネさんは後で、先輩方にご挨拶をしたほうが、今後のためになるのではないかしら！

今判明しているのは、こんなところかしら？　それと、魔神殿の２階が全てわたくし達のギルド【華胥の夢】のギルドハウスになっていますわ！　勇敢にメルティス教会へ立ち向かい、地上進出のきっかけを作り出した栄光を讃えての特別待遇!!　ただし、今後わたくし達のギルドが魔神殿をホームにするのに相応しくないと判断された場合、追い出されてしまう可能性もありますわ。それを努々《ゆめゆめ》忘れないようにと、バビロン様から釘を刺されましたので気をつけないといけませんわね。

そしてギルド家具【黄金のバビロン像】の効果で、ギルドメンバー全員に【宝箱からのボーナスアイテム抽選率増加、デスペナルティの大幅軽減】が永続的に与えられているそうですの！　ボーナスアイテムは金貨袋や呪いのコイン袋といった、換金用のアイテムのことですわね！　デスペナルティは死亡時にロストする経験値がたったの１パーセントまで減少して、尚且つアイテムロストの可能性が激減する効果まであるそうですわ。とても嬉しいですわね……あら？

『きゅぅ～ん……』

『わん!!』

どんちゃんはモッチリーヌ３世ちゃんに稽古をつけて貰っていたようですわね。どうやらボコボコに負けたようで……。モッチリーヌ３世ちゃんのほうが、圧倒的に格上ですのね。完全にどんちゃんの上位互換……。魔狼王の名前は伊達ではありませんわね。

「ん～……♡」

「幸せそうだねぇ……」

「愛し子の称号にバビロンドレスまで頂いたら、失神するのも無理はありませんわ」

「それでもまだ、ペルちゃんがあげたアバターを着てるんだ」

「わたくしのも手放したくないそうですわ。欲深い子ですわねえ～……」

「嬉しいくせに～」

「んふふ、嬉しいですわ！　もう着ないって返されたらどうしようかと」

リンネさんはベンチでわたくしの膝枕中。いえ、どちらかというと太もも枕……？　細かいことはどうでも良いですわね。リンネさんったら、一瞬だけ目が覚めた時にアバターも着たい、バビロン様のドレスも着たい、だからどっちも着るって言い残してまた失神しましたわ。わたくしとバビロン様のプレゼントが同列に扱われて、なんだかとっても嬉しいわ……！

「ねえ、リンネちゃんは僕にギルドマスターのままでいて欲しいって言ってくれたけど、本当に良いのかな～？　僕よりずっと、リンネちゃんのほうが……」

「リンネさんは絶対苦手でしてよ。それにわたくしも、お昼寝さんのほうがいいですわ」

「そっか～……ん、わかった！　嬉しいね、じゃあ僕……ギルマスを続行するよ！　リンネちゃん達に負けないぐらい強くなるからね！」

「か、覚悟しておきますわ！」

華胥の夢はお昼寝さんがギルドマスターのままで継続、リンネさんはギルドマスターとか苦手でしょうし、サブマスターの座で好き勝手に暴れるぐらいがちょうど良いと思いますわ！　これからもお昼寝さん率いるぶっ飛んだ集団として、最前線をかっ飛ばして行きたいですわね！

『わうぅ～』

「あらどんちゃん？　どうしたの？」

『わうん、わうぅん……』

「お腹が空きましたの？　ハッゲさん、ハッゲさーん！」

「おう！　新しくなったスペシャルな厨房で作る最高の料理を堪能させてやるぜ」

「遂にコック帽から常時ヤバイカになりましたのね……」

「可愛いだろ？　俺の言葉に連動してポーズを取ってくれるんだぜ」

「うわあ、もう使いこなしてますのね!?　本当にポーズを取ってますわ……」

『わうんっ!!』

「んぅ……？　いくらぐんかん!!　ん……♡」

「リンネさん、今の寝言ですの……!?」

「育ち盛りだあ……」

「これ以上育っちまったら誰も追いつけねえよ」

あーちゃん……!?　いくら軍艦が食べたいんですの……!?　どうしましょう、リアルに戻ってあーちゃんの家にお寿司の出前を頼もうかしら……？　もちろん、いくら軍艦多めで！

◆　メルティス総合掲示板　Ｐａｒｔ５００１　◆

１名無しの冒険者
荒らしは基本スルー、黙って通報ボタンを押すべし
装備の相場とかアバター取引相場は専スレでやってください
テスト書き込みはテストスレで

情報共有スレと統合されました。以降、情報共有はこちらへ
【メルティスアプデ予告】
公式ＨＰにて【討伐、キングキラータイガー！】【ＰｖＰ大会・三部門】が予告されています。詳しくは公式ＨＰにて【ＵＲＬはこちら】
【ワールドクエスト失敗】
女神メルティスよりワールドクエスト【ローレイの聖メルティス教会防衛戦】が発令されましたが、魔神バビロン陣営に完全敗北しました。詳しくは専スレの情報を見てください
【ローレイの聖メルティス教会防衛戦　Ｐａｒｔ12　ＵＲＬ】
非常に流れが早い為、次スレは＞＞９０００が立てること
＞＞９０００が音沙汰なしの場合は＞＞９２００
＞＞９２００が音沙汰なしの場合は誰かが名乗り出て立ててください
立てられない場合はすぐにその旨を書くか、立て方を聞きましょう
スレッドを立てる際メール欄に「＃ｍｅｌｔ」と入力すればＯＫです
どうしても立てられない、立てたくない場合は絶対に踏まないようにしてください
【メルティスオンライン・不具合情報、ＵＲＬはこちら】
【前スレＰａｒｔ５０００、ＵＲＬはこちら】

２名無しの冒険者
＞＞１　立て乙

3名無しの冒険者
魔神殿でレベル40まで上げられるｗｗｗうはｗｗｗｗ

4名無しの冒険者
＞＞1　乙

5名無しの冒険者
＞＞3　前の前ぐらいからずっと言われてる。もうメルティス教に引き返せないね、あーあ

6名無しの冒険者
聖メルティス教会に入っておくメリットほとんどなくね？　異端審問官のＮＰＣとかこれから会ったら全力で逃げるかぶっ殺せば良いんでしょ？

7名無しの冒険者
ビーストテイマー!!　ビーストテイマー!!
調教師サディーナちゃん万歳!!　調教師サディーナちゃん万歳!!
ビーストテイマー!!　ビーストテイマー!!
調教師サディーナちゃん万歳!!　調教師サディーナちゃん万歳!!

8名無しの冒険者
あまりにも嬉しすぎて目からビーム出るわ

9名無しの冒険者
メルティスとか知らねーｗｗｗ魔族転生フォ――ｗｗｗ

10名無しの冒険者
華胥の夢のメンバーの職、見慣れない武器にスキルばっかだったけど、これかぁ!!

11名無しの冒険者
あの頃には魔神殿ないのに、どうやって魔族側の職業になったんや……?

12名無しの冒険者
隠しエリアとかにバビロン教の教会がどっかにあるとか?

13名無しの冒険者
わからん……。そもそも魔人バビロンっていうのがいきなり出てきて大混乱や

14名無しの冒険者
＞＞13　魔神な

15名無しの冒険者
バビロンちゃんメッチャ可愛かったからメルティス教やめまーす！

16名無しの冒険者
めちゃくちゃ可愛くて鼻血出たｗｗｗ

17名無しの冒険者
俺もバビロンちゃんの可愛さの影響で即転生した……

18名無しの冒険者
バビロンちゃん可愛いやった――!!　大勝利!!

19名無しの冒険者
華胥の夢の教会破壊の時さ、明らかにドサクサに紛れて裏切ってるプレイヤーおったよな？

20名無しの冒険者

＞＞19　居た。しかも結構居た。装備レンタルして貰った元初心者とか、昔助けて貰った勢が加勢してた。アレのせいで押しきれなかったのもある

21名無しの冒険者
どん太くん強すぎるよぉ～……

22名無しの冒険者
どん太くんやべぇよ。吠えて全員気絶からの棒立ちになったプレイヤーをプチプチ潰すだけの作業だもん

23名無しの冒険者
教会崩壊後に出てきた、赤髪のバルンバルンバルンのダブル両手斧の美人もやばかった（白目）

24名無しの冒険者
あれは色々とやばかったな、色々と……

25名無しの冒険者
見惚れてぶった斬られた奴の多いことよ……

26名無しの冒険者
装備没収されなくても、装備破損するせいで修理代がやべーんだよｗｗ

27名無しの冒険者
ヤバかった奴Ｔｉｅｒ表
Ｓ：どん太、トルネーダ、ペルセウス
Ａ：オーレリア、０７ＸＢ７８５Ｙ
Ｂ：お昼寝大好き、レイジ、フリオニール、ハッゲ
Ｃ：エリス、姫千代
Ｄ：その他ギルメン
Ｚ：リンネ（特に何もしてない）

28名無しの冒険者
どん太くん全体最多キルでしょ……

29名無しの冒険者
オーレリアちゃんが一番ぶっ殺してたよ。間違いなく

30名無しの冒険者

オーレリアちゃんの謎言語からのなんちゃらかんちゃらナパームが、火対策積んでない奴キラー過ぎてもうどうしようもなかった……

31名無しの冒険者
＞＞27　お前は何もわかってない
S：どん太、ペルセウス、オーレリア
A：トルネーダ、０７ＸＢ７８５Ｙ
B：お昼寝大好き、エリス、フリオニール、ハッゲ
C：レイジ、姫千代
D：ギルメン
Z：リンネ（何もｒｙ）
こうな。レイジは単体相手しか出来ないからそこまで脅威じゃなかった

32名無しの冒険者
そのレイジすら誰も倒せてないんだよなぁ……

33名無しの冒険者
刀組やっぱ弱い感やばいなw

34名無しの冒険者
刀系武器よえーからなぁ……

35名無しの冒険者
レーナちゃんの武器がマスケット銃っての、アレが一番やばいでしょどう考えても

36名無しの冒険者
お昼寝もガス欠くさかったけど、あのシャチの人形で殴られると重篤な出血がとんでもない勢いでＨＰ減ってやべえんだよ……

37名無しの冒険者
最後までガス欠しなかったのがどん太くん、確殺コンボがあってヤバい。間違いなくＴｉｅｒＳ
ペルセウスは魔術も射撃も打撃も効かない……？　かなりやばいけど、条件付きだとは思う
オーレリアは殲滅範囲がヤバい。完全下位殺し、資格なし殺し
トルネーダとレーナは火力おばけ。特にトルネーダの攻撃に当たると装備が破損するのがお財布にヤバい。後半しかいなかったのが救い
お昼寝は攻撃に当たると重篤な出血、超毒でＨＰごっそりなくなる。掠っただけでヤバい
エリスは注意すれば回避は出来た。ただしどん太くんの追撃が回避出来ない
レイジ、姫千代の刀組はよくわかんない。あんまり強くないっぽいけど倒しきれてない

フリオニールはオーレリアとレーナの盾役。超硬え、エモーションうぜえｗ
リンネ……？　な　に　も　し　て　い　な　い

38名無しの冒険者
ちょいちょい嘘情報流れてるから、強さは本当に戦った奴にしかわからないんだよなぁ……

39名無しの冒険者
リンネは火魔術効かないとか、姫千代は一撃即死持ちとかなｗ　あからさまに盛ってるのが多すぎ

40名無しの冒険者
強いプレイヤーをよいしょしたくなるのはわかるけどさぁ……ｗ

41名無しの冒険者
いやそれにしてもマジで強すぎな

42名無しの冒険者
最後魔神殿が出現したのは時間切れってことでファイナルアンサー？

43名無しの冒険者

あれは時間切れやろな
44名無しの冒険者
それ以外ないでしょ
45名無しの冒険者
あんだけ時間掛かってたからなぁ。向こうも成功条件あるならさっさとやってたっしょ
46名無しの冒険者
誰かが魔神殿作るスキル持ってたんじゃね？
47名無しの冒険者
あれだけの規模のを作れるスキルとかねえだろｗｗｗｗ
48名無しの冒険者
魔神殿のＮＰＣ、みんな格好良い、可愛い、綺麗だぁ……
49名無しの冒険者
俺は禍津アラクネさん!!

50名無しの冒険者
いきなり上級者来たな……僕はサディーナちゃん!!
51名無しの冒険者
葬儀屋のミーシャさん、超ダウナー激暗オーラ全開のミステリアス美人やばい……
52名無しの冒険者
お前ら画像ぐらい上げろ画像！！！
53名無しの冒険者
【モッチリーヌ3世様．ｊｐｇ】
54名無しの冒険者
＞＞53　ファッ!?
55名無しの冒険者
どん太くん2号!?

56名無しの冒険者
これどん太くんやろ……あれ模様違うｗｗｗどん太くんと違って白い麻呂眉模様がないｗｗｗ

57名無しの冒険者
モッチリーヌ3世って、名前かわいいなおいｗｗｗｗｗｗ

58名無しの冒険者
その教官、ガチ強いっすよ……（白目）

59名無しの冒険者
『モッチリーヌ3世（Lv．？？？？）が【超究極魔狼拳】を発動、究極の右足が炸裂!!　Weak！　クリティカル！　266577 9ダメージを受け、力尽きました』

60名無しの冒険者
2．6Mｗｗｗｗｗｗｗｗｗｗｗ

61名無しの冒険者
どん太くんより完全上位互換っすよ絶対……

62名無しの冒険者
強すぎんだろ……

63名無しの冒険者
これガチ……？　戦う意味あんの……？

64名無しの冒険者
レベル4桁いってんの!?　ｗｗｗｗ

65名無しの冒険者
いやレベルが離れすぎるとどんな相手でも（Ｌｖ．？？？？）表記になるから、4桁ってわけじゃないよ

66名無しの冒険者
ひょえーつんよ――……

67名無しの冒険者
＞＞63　あるで。モッチリーヌ3世ちゃんの通訳の子に『上には上が居ることを、まず知ってください』って言われてこれを食らうと、経験値どか――っと増える。んで次からは手加減して貰っ

て『これはこうした方がいいですよ』『この技を習得するように頑張ってください』って指南して貰える

68名無しの冒険者
はえ～……。ワイも魔神殿行こうかな

69名無しの冒険者
魔神殿はメルティス教会から狙われることになるし、戻れなくなるからやめとけって、ずーっと言われてるやん。罠だって

70名無しの冒険者
＞＞69　試す勇気がないだけ。それにメルティスオンラインは自由がモットーなんだから、自由にやらせりゃいい。お前がチキンなだけだよ

71名無しの冒険者
魔神側に行くか今まで通りにするのか、これも1つの選択だよなぁ

72名無しの冒険者
判明してる、なれる職リスト

・エレメンタルソードマン（魔術を剣に宿す剣士、多分ペルセウスがこれ）
・ダークナイト（火・闇属性攻撃が得意な騎士系）
・ガーディアン（どんな卑怯な手を使ってでも仲間を守る重騎士、多分フリオニールがこれ）
・バーサーカー（読んで字の如く、多分トルネーダがこれ）
・ローグ（プレイヤーから装備を盗む事は出来ないって注意書きあり）
・アサシン（メルティス側とは違って、ナイフ系じゃなくて暗器系が武器、多分エリスがこれ）
・ストリートファイター（武術と言うより喧嘩殺法、卑怯な手段を平気で使える、多分お昼寝大好きがこれ）
・グラップラー（総合格闘技系の武術家）
・モンク（正統派の格闘職だけど、気を鎮めるメルティス側と反対に気を高める方）
・ガンナー（まず銃がないと話にならない。現状はなれるだけ、レーナは間違いなくこれ）
・ダークハンター（状態異常系を与える、剣ｏｒ鞭使い。罠も作れるし使える）
・スナイパー（防御面を完全に捨てた弓系職。威力超高いらしい）
・鬼剣士（鬼の面をかぶった剣士、薙刀もいけるらしい。面を被るとパワーアップ、転職次第では鬼の面以外もあるかも？　レイジは間違いなくこれ）
・戦乙女（鬼剣士の女性版。面は色々種類がある、姫千代がこれ）
・ウィザード、ウィッチ（魔術系が使える魔術職だけど、ＨＰ全然伸びないし死にやすいし色々ヤバい。使い魔で猫とコウモリが出せて可愛い、オーレリアがこれ）
・ビーストテイマー（モンスターを捕まえて調教して仲間に出来る！　ただし本体弱い！　リンネ

は間違いなくこれ!!)
・ダークマンサー（闇魔術が使えるけど、かなり難易度が高いし、魔術発動に触媒っていう消費アイテムが必要。かなり面倒くさい印象）
・ダークプリースト（闇魔術の回復系が使える！　ターンエンジェルで天使系が一掃出来るらしいぞ！）
現在判明しているクラスは以上だ!!
73名無しの冒険者
＞＞72　はえーサンガツ！
74名無しの冒険者
＞＞72　ぐう有能
75名無しの冒険者
＞＞72　ビーストテイマー!!　ビーストテイマー!!
76名無しの冒険者
＞＞72　これのスナイパーはマジで強い。メルティスでアーチャーやってる奴は全員下位職にしか思えないレベルで強いｗ　アーチャーのくせに体術とか覚えるから嫌いだったんだよｗ

77名無しの冒険者
＞＞72　初心者にはエレメンタルソードマンマジでオススメ。敵の弱点属性覚えておけば、火・水・風・土属性の魔剣に出来るから、ダメージがガッツリ上がる！
78名無しの冒険者
＞＞72　有能
79名無しの冒険者
うわーメッチャやりたい職だらけやんけ……
80名無しの冒険者
ストファイマジで難しいぞ。お昼寝よくこんな職で生き残ってたな……
81名無しの冒険者
アサシンこっちにもあるのに差異があるんか……!?
82名無しの冒険者
こっちのアサシンのほうがかっこよさそう（偏見）

83名無しの冒険者
バーサーカーはパーティに回復出来る奴居るとマジで強いｗｗｗ　まだレベル40なのにばっこばっこ5桁ダメージ後半が見えるｗｗｗ

84名無しの冒険者
こう見ると、防御面が薄い職多いなぁ……

85名無しの冒険者
本当だ。攻撃面に寄ってるね

86名無しの冒険者
あーもしかしてこれ、ＰｖＰイベントに向けてさ、メルティス陣営のクラスが優勝するのか、バビロン陣営のクラスが優勝するのかとか、対抗戦になりそうじゃねｗｗ

87名無しの冒険者
追加情報
【武器職人、六腕の鬼人アースラ】
・武器作ってくれる、売ってくれる

・頑固で口が悪いけど実は優しいぞ
【機織り職人、禍津アラクネのオリビエ】
・防具作ってくれる、売ってくれる
・同じ言葉を4回繰り返す、ちょっと怖い
【戦術教官、武人ロクドウ】
・レベル40まで面倒見てくれる
・豪快に笑う、めっちゃいいおっさん
・近接武器使う系はこの人に転職頼めば良い
【武術教官、魔狼王モッチリーヌ3世】
・レベル40まで面倒見てくれる
・殴り系の職はこの御方
・めっちゃもふもふ
・レディですので、過度なお触りは厳禁
・通訳の子が可愛い
【射撃術教官、自動人形姫グリムヒルデ】
・レベル40まで面倒見てくれる
・球体関節のロボっ娘
・恐ろしいぐらい早撃ち、そして正確
・辿々しい言葉遣いが可愛い

・球体関節フェチは一度会いに行け
【魔術教官、災厄の魔女にして初代ステラヴェルチェ女王、エキドナ】
・レベル40まで面倒見てくれる
・すんっごい尊大な喋り方する女王陛下、一人称は妾《わらわ》
・下半身（太ももから下）が蛇、どうやってなのかちゃんと穿いてる……！
・全属性の魔術を使ってくる
・モン娘スキーは会いに行け、絶対だ
【真理の追求者、錬金魔導師アルス】
・色んなポーションを作りまくって弟子が販売してる
・もし錬金術を本気で教わりたいなら弟子入りすべし？
【真理の追求者、魔界技師マグナ】
・魔道具を作りまくって弟子が売ってる
・魔導ランタンとか魔導コンロとか、魔晶石で動く魔道具を作ってる
・もし魔道具作りを教わりたいなら弟子入りすべし？
【葬儀屋ミーシャ】
・最重要ＮＰＣ!!
・【死体安置所】っていう棺桶アイテムを1個貸してくれる
・これにモンスターの死体を入れると保管出来て、ビーストテイマーは使役獣がやられたらこれに入れれば保護出来る

・もしかしたらレベル上がれば2個目借りられる、かも……？
・未亡人感がバリバリあふれるミステリアスな貴婦人、刺さる人には刺さる容姿
【呪物師カーサ】
・重要NPCの1人!!
・【死体安置所】の死体と、素体になる装備、呪いのアイテムを組み合わせてアイテムを作ってくれる
・成功率は結構低い。体感50~60%ぐらい？
・使える装備はユニークまで？
・付与される能力が完全にランダムで、同じ名前の装備でも全く別物になることもある
・デメリットとメリットが噛み合うと、とんでもなく強いのが出来る
・例、遠距離ダメージ－20%、近距離ダメージ＋10%。これがアクセサリー系で出る
・たまにスロット付き装備になる
・これから絶対お世話になるであろうNPC
【反魂師リザ】
・重要NPCの1人!!
・ダークプリーストに転職可能
・【死体安置所】に納棺した使役モンスターを復活させてくれる
・お代は魔晶石、モンスターによって魔晶石のランク要求が上がる？
・ビーストテイマーは絶対お世話になるでしょう！

【魔神殿料理長クック】
・重要NPCの1人!!
・クックが作り置きしてくれている料理を購入して食べると、一時的に能力が伸びる
・例、1時間HPが+25%、1時間MP回復速度が+200%
・値段が少々お高いのがネック……
・ダンジョン行く前とか絶対食べておきたい
・一応持ち運び出来る奴とかなら、ダンジョン前とかで食えばいいかも
・つまり、持ち運び出来る料理は高価でーす……
【調教師サディーナちゃん】
・お願いすればビーストテイマーになれる
・超絶キュートなロリっ子
・ただし性格は超が複数付くドS!!
・ビーストテイマー仲間には優しい！
・使役モンスターにもすっごく優しい!!
以上、他NPC機能はまだ不明!!

88名無しの冒険者
＞＞87　お前野生の神か？

89名無しの冒険者
ビーストテイマー!! ビーストテイマー!!
調教師サディーナちゃん万歳!! 調教師サディーナちゃん万歳!!
ビーストテイマー!! ビーストテイマー!!
調教師サディーナちゃん万歳!! 調教師サディーナちゃん万歳!!

90名無しの冒険者
そろそろ落ち着けな?

91名無しの冒険者　※警告レベル1
ビーストテイマー!! ビーストテイマー!!
調教師サディーナちゃん万歳!! 調教師サディーナちゃん万歳!!
ビーストテイマー!! ビーストテイマー!!
調教師サディーナちゃん万歳!! 調教師サディーナちゃん万歳!!

92名無しの冒険者
うーんごめんw　嬉しいのはわかるけど、通報!w

93名無しの冒険者

ほんっま、やれることが一気に増えたなぁ〜

94名無しの冒険者
メルティス教会から追われるんだよ？　どの街に行っても追われるの、もうプレイ困難じゃん

95名無しの冒険者
全部の街にメルティス教会あるとは限らんじゃろ

96名無しの冒険者
＞＞87　おお、おおありがてぇ……!!

97名無しの冒険者
＞＞87　これと　＞＞72　これ、テンプレに入れようぜ。ちょっと弄ってプレイヤーネームとか主観消してな

98名無しの冒険者
テンプレ入り賛成

99名無しの冒険者

テンプレ入りモッチリーヌ3世

100名無しの冒険者
3世と賛成を上手くかけたつもりか？

101名無しの冒険者
どん太くんといい、モッチリーヌ3世といい、奇跡みたいな可愛さ……

102名無しの冒険者
見てぇえええええ
【テイミングウルフ．jpg】

103名無しの冒険者
＞＞102　うぉおおおお!!　遂に成功したか!!

104名無しの冒険者
死体安置所ちゃんと借りたか!?

105名無しの冒険者

借りた！　もう、もう可愛すぎて、一生もふもふしてたい……！　ただめっちゃ噛みつかれる！
106名無しの冒険者
おおお～遂にテイム成功者が出てきたか……！
107名無しの冒険者
あんまり使役モンスター死にすぎると、反逆っていうか離反しそうだよね
108名無しの冒険者
それなー
109名無しの冒険者
＞＞102　やりますねえ！
110名無しの冒険者
リンネちゃんもこっからスタートしたんやろなぁ……
111名無しの冒険者
HP70しかない、メッチャ怖い

112名無しの冒険者
70wwwwww

113名無しの冒険者
うへぇ……どん太くんまで成長するにはメッチャかかりそうやな……

114名無しの冒険者
ビーストテイマー、もしかして、リンネちゃんのどん太くんのイメージが強いだけで…………辛い職なのでは？

115名無しの冒険者
なのでは？　っていうか絶対辛いぞ。モンスターのレベリングもあるし、自分のレベリングもあるし、管理することは増えるし、飯代とかもかかりそうだよね。ログアウト中のご飯とかも考えんといかんかもしれない。どこに住むのか、そういう問題もあるよね？

116名無しの冒険者
そういやビーストテイマー、使役獣収納機能とかねえなwwwwwwwwwww

117名無しの冒険者
………どん太くん、ギルド内で面倒見てもらってるからかぁ!!

118名無しの冒険者
あ――!!

119名無しの冒険者
完全なる見落としだろ

120名無しの冒険者
どーすんのこれ

121名無しの冒険者
ビーストテイマー同士で、相互お世話ギルドとか……

122名無しの冒険者
それいいな、むしろ作らんとマズいぞ

123名無しの冒険者

ビーストテイマー諸君、魔神殿前にあつまれ――――！！

124名無しの冒険者
アカンやんけｗｗｗｗ

125名無しの冒険者
これ、ビーストテイマーギルドを作って、ギルドハウス借りて、そこでお世話し合う感じ？

126名無しの冒険者
＞＞125　そうしないとログアウト中に使役獣がヤバいことになるｗ

127名無しの冒険者
使役獣とは意思疎通が図れるみたいで、こっちとあっちのレベルが上がると聞こえる単語、伝えられる単語が増えるみたいです！　待てとかお留守番とか、覚えさせないとマズいかもです！

128名無しの冒険者
ビーストテイマーも大変そうやなぁ……ボッチのダークプリースト、ＰＴメンバーがおらず、泣く

129名無しの冒険者

＞＞１２８　わっちと一緒に狩り行かないか？　41バーサーカー

１３０名無しの冒険者
＞＞１２８　一緒に行かない？　41剣姫だよ～！

１３１名無しの冒険者
なんだか総合スレとは思えねえほんわかっぷりになって来たな

１３２名無しの冒険者
アレだけの人数差でボッコボコに負けたら、そりゃあ何も言えんでしょアンチもｗｗｗ

１３３名無しの冒険者
20倍ぐらい人数差あったのに負けてるもんなぁ……

１３４名無しの冒険者
しかも圧倒的に防衛側不利の条件でな

１３５名無しの冒険者
＞＞１２９　＞＞１３０　マジっすか……!?　魔神殿の入り口、ビーストテイマーさん達の反対側に

居るっす！　よろしくっす!!
136名無しの冒険者
>>135　オーケー。口下手なんで、あんま喋れないけど、怒ってるわけじゃないから
137名無しの冒険者
>>135　今向かうデース!!
138名無しの冒険者
おー頑張ってきてねー
139名無しの冒険者
ドンドン冒険行けや!!
140名無しの冒険者
いいねえ、活気があって最高だねえ……！
141名無しの冒険者
さあて、俺もやり直しに行ってくるか

142名無しの冒険者
楽しい……！　楽しい……！

143名無しの冒険者
すみません、初心者なんですけど、今ってどうすれば良い感じですか？　魔界職とかあるって聞いて、僕達もやってみたいんですけど……

144名無しの冒険者
＞＞143　魔界職はメルティス教会に戻れなくなるからやるな。絶対後悔するぞ

145名無しの冒険者
＞＞143　ローレイに来る所からなんだけど、なんなら私が迎えに行ってやろう。達ってことは複数人っしょ？

146名無しの冒険者
＞＞145　はい！　3人組です、ジードに居ます！　ソードマン、シールダー、マジシャンです！

147名無しの冒険者
なんやここ、なんか、いつもとちゃうな……？　あったけえ……？　なんで……？

148名無しの冒険者
荒れて暴言飛び交うのが通常だからなｗｗ　変な感じｗｗｗ

149名無しの冒険者
これが正常のハズなんだよなぁｗ

150名無しの冒険者
＞＞146　おｋ、向かいます！　42レベル砂です

151名無しの冒険者
＞＞146　連投失敬、砂はスナイパーのこと

152名無しの冒険者
40ってことはローレイの廃教会、結構楽になってるんじゃね……？

153名無しの冒険者

廃教会PT募集すっか。行く人募ー　こちら41エレソ

154名無しの冒険者
楽しくなってきたな……w

155名無しの冒険者
いやぁ魔神殿最高や、神コンテンツやんこんなの

156名無しの冒険者
【速報】魔神バビロンを崇拝する言葉を何度も言うと、魔神崇拝スキルが獲得出来るもよう
なお、効果はカルマ値マイナス100！　カルマデメリット装備の着用しやすくなる！

157名無しの冒険者
＞＞156　うおおおおおお前スレで出てるwwwwwwww

158名無しの冒険者
＞＞156　前スレ情報だけど再掲偉いぞwwwww

159名無しの冒険者

＞＞１５６　めっちゃウッキウキやったんやろなぁ……w
１６０名無しの冒険者
あるあるや……w
＞＞１５３　いきまーす！　41ストファイ
１６１名無しの冒険者
ほな俺も魔族転生行くかぁwwww

第五章　勇往邁進

ああ、はい。やっと目が覚めました。今は何をしているか、ですか？　バビロン様のおられます3階にて、セイレーンのローレライちゃんを復活させようと儀式を行っているんです。

教会から脱出する時、アーチバルだったかなんだったか忘れたけど、大司教を問い詰めてローレライちゃんの遺体がどこにあるかわかったから、爆破前のドサクサに紛れて回収しておいたのよ。

ところで私がなんでバビロン様を目の前にしても倒れないか、ですか？　それはですね？　トルネーダさんから頂いたスペシャルな飲み物のおかげですね。これ飲んでも大丈夫なんですか？　って思ったんですけど、運営にリアルタイムで問い合わせ出来る機能で質問したら『仮想世界のアイテムなので、健康に影響はありません』って返答が来たので、一気に行きましたね。

そして驚いたのが、ボスだとか不死だとか関係なく効くんですよ。凄い凄い。状態異常じゃなくて【良い気分】っていうプラス効果なんで、問題ないみたいです。ひっ……っく……。ふふっ……。あ、ちなみに周囲のメンバーはね、ペルちゃんと従者全員ね。他は今忙しいってんでいないの。

「それじゃ、はい。やりまーす」

『リンネが落ち着いてて怖いのだわ……』

「まさか飲むと冷静になるタイプだと思わなかったんだよ……」

「はい。起きろ」

「問答無用で行きましたわねぇ……!?」

なので、えっと、起こします。セイレーンのローレライさん。はい、起きてくださーい。

『完全復活の為の素材を確認……ヴァルハラの花、星の砂、☆5魔晶石、無垢なるダイヤモンド、止まらない心臓、白銀の竪琴。【アニメイト・デッド】が発動――干渉を無効化』

『女神メルティスの干渉は失敗しました。対象アンデッドが復活します』

『セイレーンが貴方の従者になりました。名前を――名前は【ローレライ】です』

起きた――。いえ――い。

「おおおぉぉ、バビロン様！　起きました、起きましたよ！　うわ、胸でっか！　私といい勝負してんじゃない？　薄ピンク色の髪も可愛いね！　お目々は？　赤いの！　いいねぇ。この黒い翼どこから生えてるの？　触って良い？」

「え、え、え、え……」

「ちょっと触らせてみ？　良いじゃない、触るから。おお、意外とふわふわだ！」

「わ、私、死んだんじゃ……？　ねえ待って!?　どうしてさっきからあなた、待って、そこは敏感だからぁ!!　そこは触られたくないんですけどぉ!!」

「え～いいじゃ～ん。もう私の従者なんだから、細かいこと言わずに――ぐぉ……!?」

『わう!!　(ご主人！　新入りちゃん、嫌がってるから！)』

「ふっ……ぐっ……！　重い……!!」

「ああ、違うねえこれは、徐々にリミッターが外れるタイプだね……」

「お姉ちゃん、それ以上駄目ですよ！」

「此方も、いきなりこれは、どうかと……！」

「おっも………どん太重い………」

なぁぜだぁ……!!　お前《どん太》も、お前《トルネーダさん》も、お前《リアちゃん》も、お前《千代ちゃん》も、私の大事で可愛い従者なのに、なぜ止めるんだぁぁ………ふわぁぁぁぁ〜〜〜………。どん太温かい……。

「どん太、温かいね？　もふもふしてる……」

『くっ……！　くっっ………！』

「え……？　私、こんな酔っ払い人間に、勢いだけで起こされたの……？」

「ローレライちゃぁぁぁん!!　可愛いねぇ!!　今日からローラちゃんって呼ぶからぁ!!　あぁ!!　トルネーダさんはねーさんね!!」

「あたし、あたしが、ねーさん!?」

「ううう……。死にたい……。こんな人間に……！　ドゲル……ドゲルゥゥ……」

「あ!!　そいつちょっと前に爆破した!!　私、あんたの想い人とさ、ナタリア!?　だっけ!?　ゴーストになってやっと一緒になれてうれしー！　貴方は天使だーとか言ってきたからぁ!!　爆破してやったぁ!!」

「嘘ぉぉぉ………!?　ドゲルと、あのナタリアを、爆破ぁぁ……!?」

『あっはははは！！！　もうだめ、耐えられな〜い！！！　勢い任せにアンデッド起こしてセクハラし放題からの、恋人と恋敵爆破報告とか、信じられな〜い♡　あっはははは〜〜!!』

　んっ!!　バビロンちゃんがなんか、笑ってるねぇ！　あ、どん太温かい……。ふわふわ……。

「ちょっと、私に詳しく説明する義務があると思うんですけどぉ！」

「どん太が～……温かい～……ふわふわ～……」

「ふわふわじゃないのぉ!!　説明!!　ねえ説明ぃぃ!!　私……うちの、うちの、なんでこんな事を聞かされるために起こされたのぉ!?　信じらんない!!　寝ないでぇ!!」

「わふわふ～……」

『わふわふ～……（どうしよう？　どいたら、またやると思うよ？）』

「押さえててぇ!!　いやでも、押さえてると寝ちゃう、あああ!!　もぉぉ～～!!」

『あ～っははははは!!　おっかし～!!　せっかくのローレライの目覚めが台無しじゃない♡』

――――私の記憶は一旦そこで途切れた。目覚めたのは5分後ぐらいだったみたいだけど。

セイレーンのローレライことローラちゃんは起こされた後、ペルちゃん達から今の状況や現代のローレイについて色々と聞いたらしい。ドゲルとナタリアは正史でとっくの昔に滅びていること、私達が過去に戻ってドゲルとナタリアを爆破したことなども聞き、過去の自分が囚われていた物がこんなにもあっさりと消し炭にされるのかと酷く落ち込み、悩み苦しみもがいていたのがあまりにも馬鹿臭くなってしまい、感情がアンダーフローを起こして吹っ切れてしまったらしい。

「――――ねぇ～？　これがほんとーに、うちの名前が付いたって都市なのぉ……？」

「あたしも驚いたけどね、間違いなくここがローレイだよ。ローレライの名を取った都市さ」

「此方はここにたどり着けず、腹ペコで野垂れ死んだところを起こされまして……」

「あたしなんか、復活の儀式を横取りされて起こされたんだよ？　完全にあたしの方が勢いあるさね！」

「私、最初はスケルトンでした……。声も出せなくって、声を出すだけでも大変だったんです！」

『わう～～！（僕ね、最初に従者になったんだよ！）』

「う、うちの大先輩……ワンコなのぉ……!?」

「全員の先輩さね。大丈夫さ、どん太、待てだよ！」

『ガウ!!（やだ!!）』

「この通り、殆どリンネの言うことしか聞かないのさ」

『(;・д・)』

　ん～、ねーさんとローラちゃんは仲良くしてるみたいだけど、なんだか他のメンバーともまだ馴染めてないような……。それに、私がステータスを確認しようとしても『リクエストは拒否されました。全面的な信頼を得ていないため、確認できません』って表示されて見ることが出来ないし。

　これから根気強くコミュニケーションを取っていくしかないのかな。まあ全員が全員最初から好感度高いわけじゃないだろうし、こういうパターンもあるっていう勉強になるからいいけどさ。

「また、うちのことをいやらしい目で見てないですかぁ……？」

「見てない見てない。ちょっとしか」

「見てるぅ～！！！」

「リンネもこっち来て座んなよ。今度はさっきより弱い飲み物だからさ」

「あ、いや遠慮しまーす……！」

「んーそうかい」

　いやあ、弱いって言われてもさっきちょっと飲んだだけでダウンしたのに、もう飲みたくないよ

〜……もう絶対に飲まないから、無理なものは無理だから！

『ねえ、イカれ女〜？　もう1つヤバーい遺体があったでしょ？』

「え？　えーっと……」

『うん？』

え、もう1つのヤバい遺体？　あの時グレーターリザレクションで蘇らせようとしてたのはトルネーダねーさんだけで、ローラちゃんはまだ完了してなかったよね。間に合ったぞって言ってたのを横取りして私が先に起こしたから、うーん……。

「いえ、丁度ねーさんを起こそうとしてたのを邪魔した時に向こうが、間に合ったぞ！　って言ってたので、私の到着が早くて誰も起こせてなかったと思います！」

『ん〜……そう、霊廟に居たのは、大司教2人だけだったのね？』

「はい、そうでした！」

「リンネさん、ノーラノーラはあのお方から天使の肉体を授かったと言っていましたわよね」

「あ……。そういえば、転移で1人逃げたとか、言ってたような……」

「リンネ殿、此方の記憶に間違いがなければ、既に棺が2つ開いておりました」

それじゃ、もしかして私達が到着したタイミングって……？

『既に1人、蘇った後だったようね』

「あたしより優先して復活させるような奴がいたってことかい？　癪に障るねえ」

『悪虐令嬢グランディス・バートリー。私利私欲のために領民を殺し尽くし、国を滅ぼすにまで至った狂人よ。他人の命を貪り、血を浴びることで無限の命を得られると信じている怪物よ』

『…………!!』

グランディス・バートリー……。私達が到着した時には既に、復活済みだった？　そんな人物、到着した時には影も形もなかった。あの霊廟にもう1人大司教が居て、その人がグランディスと共に転移で逃げた……？　間に合ってなかったのは、私達の方だったの……？

「知らない名前だねえ」

「私、聞いたことがあります……。100年前ぐらいに、ステラヴェルチェ砂漠の北東の国が不死者で溢れかえっていたという話を、書物で読んだことがあります」

『旧ゴルゴラ王国、グランディスに滅ぼされていなければ、今頃は新ルテオラ共和国に吸収されていたでしょうね。グランディスの遺体はルテオラのメルティス教会に安置されていたけれど、ルテオラに革命が起きた時にメルティス教会も共に打ち壊され、その遺体も教会とともに滅んだと思われていたけれど、密かにローレイへと移されていたのよ』

国一つを滅ぼすような悪女が、世に放たれてしまったんだ……。ローレイにはバビロン様がいるから大丈夫だと思うけど、他の国はどうなるか……。

『グランディスを復活させた者はワタシでも追跡出来ないほど、痕跡を消す能力に長けているわ。リンネ、大変だと思うけれどあなた達にはグランディスを復活させた者の正体を探って欲しいの』

「え、メルティス教会の人間じゃないんですか？」

『どうしても、グランディスやトルネーダ、ローレライを復活させるのがメルティス教会の利に繋がるとは思えないのよね～……。裏で何かを企んでいる者が存在する気がするのよ！』

「確かに、あのお方と呼ばれる転移で逃げた1人が、メルティス教会に属していたとは限りません

ね……。その人物が何者なのか、頑張って尻尾を摑んでみせます！」

『システム：魔神バビロンの特殊クエスト【グランディスを復活させた謎の人物を追いなさい！】を受諾しました。信頼できる協力者にこのクエストを広めることが可能です』

グランディスを復活させた謎の人物……。今は殆ど情報がなくてわからないけど、1つだけ確かなのは、人間を堕天使に変えてしまうウイルスを所持している可能性があるのよね。つまり、科学者の可能性が……いやいや、決めつけると視野が狭くなる！　偏見を持つのはやめよう！

『あ、そ・れ・と♡　そのドレスは気に入ってくれたかしら～？』

「はい!!　ありがとうございます!!　家宝にします!!」

『嬉しい～♡　でも、感情に囚われて大局を見失ってはダメよ？　そのドレスじゃ不利だと思ったら、外す覚悟も必要よ！』

「肝に銘じます……!!」

そうそう、バビロン様が予想していた展開はバビロン教会が出来上がるぐらいだったらしいけど、それを上回る魔神殿の丸ごと顕現、更にローレイの魔界化成功の実績を認められて、ご褒美として凄い装備を受け取ったの!!　皆も色々貰ったみたいだけど、私のは特に凄いんだから！

【★★★魔神バビロンのロリィタドレス＋15】（極限・アルティメット・体1・空きスロットなし【●】）

・【大凶呪】死んだらレベルが1つダウン、当たり前でしょ♡

・【大凶呪】ワタシの寵愛無しに着られると思ってるのかしら？

・【大凶呪】カルマ値が最低なのは必須よ
・【大凶呪】現在HPが常に1に設定されるわ
・超が何個も付くほどの凄い呪物なんだから！
・MPで統括管理するわよ！
・HPで受けるダメージは全て、MPで受けるわよ！
・瀕死時のペナルティを削除するわ
・【◆魔神バビロンカード】
┌MPを10倍にするわ！
└この装備からカードを外した場合、如何なる理由でもカードが破壊されるわよ
——ワタシがゴシック要素♡　だからこれはゴスロリ、よね？　by愛しのバビロン
解除不可・強化可能・装備登録者【リンネ】・重量1・0kg

MPが10倍だよ!?　HPが1になってしまう代わりに、全てのダメージをMPで受けられるようになる効果付き！　MPが尽きたらコロッと死んじゃうけど、20万近いMPが溶けるのはよっぽどのこと以外ないと思う。慢心は禁物だけどね。

そして何より凄いのが、HPを回復する効果でMPが回復するのよ！　これが統括管理の部分ね、凄い効果だ～……!!　逆にHP統括管理っていうのもあるみたいで、こっちはMPがHPに統合されて常に0になり、MP消費を全てHPで行うみたいね。HPとMPのポーションを使用して一気に回復出来るのが強みなのかな？　今の私にはそれぐらいしか思いつかないや。

『ところで、あんた達が今どれぐらい強いのかを知るために、ワタシと遊んでみないかしら～？』

「はい!!　遊びたいです!!」

突然のバビロン様のお誘い。遊びというのはカードゲームやボードゲームといったものではなく、恐らく本気の殺し合いのことだろう。実力差は歴然。勝てないなんて当たり前、でも遥か高みの実力がどれ程のものなのか、見てみたいという気持ちが強い。だからすぐに返事をした。

従者の全員が目の色を変えた。さっきまでリラックスムードだったのが一転、完全に戦闘モードの目になっている。皆やる気ね、よーし頑張っちゃうぞー!!

「わたくしも、やりたいですわ！」

『ふっふ～ん♪　イカれ女が来るんだから、あんたも当然よね♡』

「全員で、お相手させて頂きます！」

『わうん！（やってみたい！）』

「どこまで、通じるのでしょうか……！」

『(((;°Д°)))』

「魔神様との手合わせ！　光栄に御座います！」

「おやおや、あたしが崇拝する魔神様はどれ程強いのか、知りたいねぇ！」

「うちもぉぉ……。目覚めたばっかりですけどぉ、頑張ってみますぅ～……」

バビロン様は恐らく、グランディスと戦うならこれぐらいはなんとか出来ないとマズいぞと教えるつもりなんだと思う。本物と戦闘する際の参考にもなるだろうし、やらないっていう選択はない。

いつもならバビロン様の可愛さにやられて失神コースだけど、向こうがせっかく！　相手をして

くれるって言うんだから！　しっかり、やる!!　そしてどんな手段を使ってでも、バビロン様を感心させられるような一手を、取りたい!!

『いいわねぇ♡　じゃあ、ここじゃアブナイからぁ……アナザーディメンション♡』

『別次元の空間に飛ばされます――――』

う、わ……!?　足元が、周囲の空間が、消えた……!?　ここ、ここは！　覚醒の時に見た赤黒い靄がどこまでもどこまでも広がる、不気味な空間!!　指輪の覚醒時に飛ばされたのは、ここだったんだ！

『どうしたのかしらぁ？　用意、あるでしょぉ？　しないのかしら～？』

まずい、もう始まってるのに悠長に周囲の観察なんて。バビロン様はいつもの雰囲気とは違う。いつものニコニコしたサディスティックな笑顔じゃなくて、口だけ笑って目が笑ってない。これは本気でやらないと……愛想を尽かされちゃう!!

「アイギス!!」

『ペルセウスが【魔盾アイギス】を発動、【ペネトレイト・10】状態になりました』

「沈め、ネガティブオーラ！」

『3分間、パーティ全員の全ステータスが＋40されます』

「阻め、ボーンシールド！」

『パーティ全員が【ボーンシールド】状態になりました』

「気を抜くんじゃないよ!!　あたしに付いて来な!!」

『トルネーダが【攻撃の号令】を発動、1分間攻撃力が上昇します』

よし、これで用意は出来――――

「嘆きの歌を此処に歌おう、想い砕く槌となれ、死を穿つ槍となれ、愛も恋も引き裂く刃となれ、悲歌慷慨《ディストラクション》！」

『ローレライが【悲歌慷慨《ディストラクション》】を発動、マナが武具となり敵を襲います！　Weak！　魔神バビロン（Lv．？？？）が合計771の全属性ダメージを受けました！』

『ふっふふ♪　やったわね～？』

え、当たったけど、硬すぎない……!?　ローラちゃんのスキルは前方範囲に打撃武器、斬撃武器、突撃武器の3種の武器を発射する破壊的な歌なのね!!　これが全盛期だと、もっと強かったんだろうけど……よく勝てたわね、昔のローレイの人！　え、いやそれどころじゃない！　これじゃ真っ先に狙われるのはローラちゃんだ！

『(((;゜Д゜)))』

『フリオニールが【ハイガード】を発動、強力な防御状態になります』

『あら～？　じゃあお前が最初よ～？　それで耐えられるかしら～？』

『((((((;゜Д゜))))))』

一番前に立ったけど、おにーちゃん耐えられるの!?　いや絶対無理だよね!?

『魔神バビロンが【破壊する右腕】を発動、M-SS……。フリオニールが【霊体化】で回避しました』

『へぇ……』

『(´・ω・｀)』

『ガウァアアアアアア！！！！！』

『どん太が【魔狼身弾】を発動しました』

最初っから受ける気がなかったのね！　でも良い判断よ、それに当たったら絶対ヤバかったから！　ナイス霊体化！　そしてどん太、すり抜けてターゲットを失った所の隙を突くナイスな突撃よ！　いけーどん太ー！

『お座り！』

え、完璧に体勢を崩してたはずなのに、いつの間にか振り返って踵落としを…………!?　あっ、バビロン様の、黒だ……黒なんだ……!!

『キャウッッ――――』

『魔神バビロンが【消滅の右足】を発動、どん太の良性状態が消滅しました。クリティカル！　どん太が31997459ダメージを受け、死亡しました。自動納棺されました』

あ…………え、え……!?　一撃!?　やばい、ボーンシールドごとぶち抜かれるなんて、絶対一発は耐えられるスキルだって、過信してた！

「焼け死ね《グィ・ゾダス》!!　絶滅しろ《アニエーラ》！！！　絶滅焼夷弾《アナイアレーションナパーム》!!」

『オーレリアが【絶滅焼夷弾《アナイアレーションナパーム》】を発動しました』

『はぁあ～!!』

『魔神バビロン（Lv．？？？）が【超風拳】を発動、【絶滅焼夷弾《アナイアレーションナパーム》】を跳ね返しました』

嘘でしょ、正拳突きでこの暴風、反射!?　やばいってそれは!!

「うち、焼き鳥になりたくない～～……」

「あたしも空に運んでおくれ!!」

『【アビスウォーカー】を発動、姫千代の影に移動します』

『姫千代が【水月】で回避しました』

『ペルセウスが【絶滅焼夷弾《アナイアレーションナパーム》】を無効化しました』

『フリオニールが３４５５７１ダメージを受け、鎧が破壊されました』

『うわあああ(ω`)あああああ』

ああ……！　おにーちゃんが、フレンドリーファイアで死んだぁ!!

「きゃあああああああ！」

『オーレリアが２４２２８９ダメージを受け、死亡しました』

『使い魔【黒猫ルナ】が犠牲になりました』

『オーレリアが復活しました』

『オーレリアが２４２４４１ダメージを受け、死亡しました。自動納棺されました』

マズい、リアちゃんが死んで、生き返ってまた死んだ……！

「今だ、隙ありだよ!!」

『トルネーダが【ギロチンスラッシャー】を発動、パリイ！　魔神バビロンが攻撃を弾きました』

『飛んでるあなた達を警戒しないとでも思ったのかしら!!　ダーリ！　トゥム！　ダーリ！』

「あ、うち、死んだかも……」

え……？　今のその可愛い謎言語、なんですか？　いったい何が……!?

『暗黒球体《ブラックホール》！』

『魔神バビロンが【暗黒球体《ブラックホール》】を発動、ローレライが消滅しました』

「ちょっと、こりゃ反則――――」

『トルネーダが消滅しました』

ああ、ああ……。これで生き残ってるのは、私、ペルちゃん、千代ちゃんの3人だけだ……。あっという間にやられちゃった！　ここから、どうやって立て直せば……！　そうだ、反魂の儀式で……！

『【アビスウォーカー】を解除します』

「揺蕩《たゆた》う魂よ、今一度己の肉体へと……!?」

『魔神バビロンが【波動拳】を発動、194050ダメージを受けました』

う、ぐっ!?　かはっ……!!　直撃を避けて、カス当たりで瀕死……!?　息が、出来ない！

「あーちゃん!?　このわたくしが相手になりますわ!!」

『ペルセウスが【魔細剣・メテオール】を発動、パリイ！　魔神バビロンが攻撃を弾きました』

『あんたは真っ直ぐ過ぎるわね、そして少し……感情的過ぎるわ!!』

『魔神バビロンが【魔狼百裂拳】を発動』

「えっ…………」

『ペルセウスの【ペネトレイト】状態が解除されました。ペルセウスの【ボーンシールド】状態が解除されました。ペルセウスが合計998999ダメージを受け、死亡しました』

ペネトレイトが一瞬で、ボーンシールドも解除された……。ものの1、2秒で、まさか本当に100発ヒットしたの……？　そんなの、どうやって回避すればいいんですか!!

「姫千代、参るッ!!」

『**姫千代が【一刀断鉄】を発動しました**』

『当たってあげようかなぁ～？　どうしようかなぁ～？』

『**魔神バビロン（Lv．？？？）が【白刃取り】を発動し攻撃を無効化しました**』

「なっ……!?」

『当たってあ～げな～い』

千代ちゃんの目にも留まらぬ抜刀、右手だけで止めるなんて……。いや、いやいやいや……規格外過ぎる……。まさかグランディスもこんなに強いわけじゃないよね？

『**魔神バビロンが【粉砕する左腕】を発動、姫千代が2774719６ダメージを受け、死亡しました。自動納棺されました**』

いやぁ～……全滅ですね……。後は私しか居ないんで……。もう、ダメージソースが無いし、後は私が負けるだけで終わり。これは粉砕されて終了ね。バビロン様にダメージを与えられたのは、ローラちゃんの初撃だけでした。

「げほっ……！　最後に、1つだけ……。教えて欲しい、ことが、あります……」

『あら、生きていたのね？　あれを避けるだなんて、大したものだわ』

全滅確定、勝ち筋なしのこの状況で私に出来ることなんて何も無い。だからせめて、1つだけ質問をして情報を得ようかなって……。

「……本物のバビロン様では、ありませんよね？」

『……どこから気がついていた？』

このバビロン様は偽物だ。恐らくこの異空間に飛ばした時にすり替わったんだと思う。

「その質問に答えるので、もう1つ質問させてください」

『良いだろう。答えよ』

「バビロン様の笑顔はもっとキュートです。それに、瞳の奥に私を悩殺するカリスマがないと最初に違和感を覚えました。そこで恐らく、偽物だろうなーって」

『本当によくバビロンを見ているな、恐ろしいと感じる程の観察眼だ。もう1つの質問は？』

やっぱり……。でも偽物相手なら、バビロン様に聞きにくかったことが聞けるわ。

「死霊爆発は、バビロン様らしからぬスキルだと感じました。これは、バビロン様の編み出した死霊術なのですか？」

『否、とだけ言っておこう。ではバビロンのもとへ帰れ』

「ありが――」

『正体不明が【破壊する右腕】を発動、6660000ダメージを受け、死亡しました』

『パーティが全滅しました。魔神バビロンにより貴方とペルセウスのみ蘇生と転送が行われます』

そうなんだ……。死霊爆発は、バビロン様の編み出した術じゃない……。それだけわかれば、スッキリした。今後、死霊爆発を使うのはやめよう。

『あら～♡　偽物だって見破られたって、あの子から報告が入ったわよ～♡　見破るなんて、凄いじゃな～い！　それだけの観察眼があれば、グランディスを復活させた奴らの痕跡も見つけられそうね！　試すようなことをして悪かったわね♡』

あああああバビロン様だぁぁあああ!!　本物のニコニコサディスティック笑顔のバビロンちゃん

だぁああああああああああああ!!　近い！　アッ――!!

「驚きましたわ……。どのタイミングで偽物だとわかりましたの!?」

『それがね？　あの子が会話した内容も、バレた理由も教えてくれないのよ～♡　絶対秘密って！』

「バビロン様の笑顔が、完全再現されていなかったからです！」

『……………え？　本気なの？　ワタシのこと大好き過ぎるじゃな～い♡』

「それはもう、最初からじゃありませんのぉ……!?」

「あと、声！　ねっとりしたチャーミングな声じゃありませんでした!!　ハートマークがいっぱい付いてるバビロンちゃんの声じゃありませんでしたぁ！」

『やだぁ～♡　もう愛？　愛ね？　愛なのねぇ～!!　それで、何をお話ししたのかしら？』

「それは、えっと……秘密です……」

『どうしても？　ワタシのお願いなのに？』

「…………は、はい。秘密、です」

バビロン様、ごめんなさい。私なりに考えたいことがあるんです。これだけは、どうしても。

『ん～……♡　ワタシに話せないような内容なんだ～……♡　もう、えっち……♡』

「アァ!?」

「あーちゃん！　気をしっかり持つのよ!!」

『へ・ん・た・い♡』

「アア!!」

バビロンちゃんの今のボイス、目覚ましボイスにする！　録音してあるもん！　するするするする！　あと、ペルちゃんの顔も近い！　ペルちゃんも顔が良すぎる死ぬ!!　皆が私を殺しに来てる!!　集団殺人だ、酷い！　幸せ！

『あ、そうそう。あんた達を試している間に気になることを調べていたのよ』

ほへ、結婚式場はどこがいいかとか、そういう話ですか!?

『砂漠の国の情報、どう？　知りたいでしょ？』

「それって、リアちゃんの故郷ですか!?」

『ぴんぽーん♡　ターラッシュより西の、砂漠の国ステラヴェルチェ王国!!　この砂漠の国のお話。聞きたくな～い？』

「聞きたいです！」

「聞きたいですわ！」

『ん～～～♡　じゃ、教えてあげちゃうわね～♡』

ご褒美まで頂けた上に、リアちゃんの故郷のお話まで聞けるんですかぁ!?　やったー!!


『――――あの砂漠は女神メルティスに見捨てられた地だ』

動植物がこの地で生きることを拒むかのように黄金色の砂で埋め尽くされ、昼間は灼熱が全てを燃やし尽くし、夜は骨の髄まで凍りつくような真逆の世界。それがステラヴェルチェ砂漠の全て。

人間が近づくべき場所ではない、ましてや住むなど考えないことだ……。かつてのステラヴェルチェ砂漠はそう認識されていた。

そのステラヴェルチェ砂漠を変えたのが、遥か昔『頂《いただき》の魔女』と呼ばれていた人物である。彼女の名はエキドナ、この世の全ての魔術師の頂点にして最強。彼女に出来ないことはないと敬い慕われ、そして同時に恐れられ崇められていた。

『妾に不可能などない。あの砂漠を人の住まう地に変えてやろう』

エキドナは『あのエキドナでも、これは不可能だろう』と言われることを嫌っていた。自分よりも上の存在、高みの存在、手の届かない領域、それら全ては超えるべき壁であり、それを超えるためならばどのようなことにでも手を出し、これまで全ての難題を超えてきた。しかしそんなエキドナでも不可能だとされたのが、ステラヴェルチェを人の住む地に変えるということであった。

当然、エキドナはステラヴェルチェ砂漠に挑戦した。昼の灼熱、夜の極寒、不毛の大地、水の一滴さえも手に入らないこの地を人の住む地にするにはどうすれば良いか、これらに頭を悩ませた。

『この砂漠に水を引く。大河を作ってやろう』

まずエキドナが手を出したのは、水だった。この砂漠は年に一度か二度雨が降れば良い方、最悪降らない年だってある。そして砂漠は雨水など容易に飲み込み、その水は決して溜まることなどない。そんな砂漠に河を作ると聞いた人々は『遂に難題が過ぎて頭がおかしくなってしまった』と嘲笑った。それが嘘偽りではなく、文字通り河が完成するなどとは夢にも思っていなかった。

『砂でも固めれば岩となる。妾の力をもってすれば造作もない』

エキドナの魔術により砂漠が押しつぶされ、砂漠の砂がエキドナの魔力により硬化を始め、次第

に砂は砂岩へと変わっていった。一日一日、少しずつ少しずつ、豪雪と豪雨に悩む北の地から、ステラヴェルチェ砂漠の中心に向かって水が流れ始めた。そして1ヶ月もしない内に、ステラヴェルチェ砂漠の中心には巨大で美しい湖が出来上がり、北から南へ一直線に流れる運河が出来上がっていたのだ。

『この湖を中心に街を作ろう』

ステラヴェルチェ砂漠の水資源問題が解決し、同時に北の大地の水害雪害問題も副次的に解決したエキドナが次に手を出したのは、人の住む建物を作り出すことだった。まずは湖の東側の地を地中深くまで押し固め、沈んだり傾いたりなどしないように強固な地盤を作り出した。そしてその上に魔術で次々と住居を作り出し、自らが住まう宮殿も作り上げた。そして同時に、地中深くまで魔力を通している内にエキドナはあるものを発見した。

『ステラヴェルチェ砂漠は、数々の宝石や金銀鉱脈が眠る財宝箱の蓋ではないか！』

この砂漠の地中深くには魔力を帯びた金、銀、そして宝石が眠っていることを発見したのだ。ここには原初のマナが流れる魔力の川が出来ていて、その影響を受けた地層は希少な鉱物が生成される地層に変わっていたのだ。エキドナが試しにその地層近くまで大穴を掘ってみると、それはそれは美しく大きな宝石を次々と採掘することが出来た。そしてエキドナはこの宝石を各国の貴族たちに見せびらかし、大いに自慢した。そう、エキドナは隠し事が苦手であったのだ。

『妾の国に移住したいだと？　良いだろう良いだろう。だが妾は人の法など知らぬ、お前達が妾を納得させられる法を作れ』

エキドナの自慢の宝石に目が眩んだ人々は、我先にとステラヴェルチェに移住を始めた。水はあ

る、住む場所もある、東に真っ直ぐ2日程歩けば迷わずターラッシュに到着する。すぐにステラヴェルチェには移民が集まるようになり、多くの物がターラッシュを経由して運び込まれ、ステラヴェルチェは移民者の街として栄えるようになった。目的は1つ、エキドナの作り出した大穴から金銀宝石を掘り出し持ち帰ることだ。これが歴史に残るステラヴェルチェのゴールドラッシュである。

『何？　妾の功績を称え、女王にしたい、だと？　良いだろう。だが妾が女王になるからには、妾が納得するような美男美女を侍らせねばな。そうでなくては面倒な役などやりたくもない！』

各国から派遣された貴族達は力を合わせ、ステラヴェルチェを正式な国として建国させることにした。そして同時にエキドナが初代女王として君臨することとなり、各国からエキドナが好みそうな美男美女が集められ、エキドナはその人間達との間に多くの子孫を残した。エキドナは尊大で絶対的な力を持ち恐れられていたが、子供達には分け隔てなく愛情を注ぎ、自らが魔術を教えて育て上げた。ステラヴェルチェの誕生と繁栄、そしてこの幸せな光景はいつまでも続くであろう――そう、誰もが思っていた。

『大穴から、魔物が出ただと？』

大穴が突如崩壊し、中から巨大な蛇のモンスターが現れた。その報告にステラヴェルチェに住む誰もが震え上がった。穴の中で働いていた者たちは全滅し、残された者達はエキドナが大穴をあけたからだと批難した。あまりにも身勝手な言い分だが、大穴をあけたのは確かに自分であり、そのようなモンスターが居ることを調べておかなかったことにも問題があると、エキドナはモンスターを討伐すべく立ち上がった。

結果から言えば、エキドナはこの巨大な蛇のモンスターを撃退することに成功した。しかしエキ

ドナは蛇の毒を全身に受けてしまい、解毒も叶わずその毒に苦しむこととなった。そんなエキドナに対して国民達は感謝の言葉を…………述べることは、なかった。

『エキドナは砂漠の守り神の罰を受けた』

『砂漠の怒りに触れた』

『女神に見捨てられた地に足を踏み入れた報い』

『今更英雄面をするな』

『あのエキドナが解毒できない毒があるはずがない。自作自演だ』

元よりステラヴェルチェは移民揃い。不忠の民。烏合の衆。金銀宝石に目が眩んだ盗人紛いの人間達……。エキドナの作り出した大穴に恩はあれど、尊大で絶対的強者のエキドナに対しては恩よりも反発の方が大きかった。心配する人間も当然少なからずいたが、大穴が潰れて多くの死者が出てしまい、生活が困難となった人間たちの怒りの矛先はエキドナへと向いた。そして終いには…………。

『大穴より大蛇を出したのは、エキドナなのではないのか？』

これらの事件はそもそもエキドナの仕組んだことなのではないかと言い出す者まで現れるようになってしまった。エキドナは当然これを聞いて憤慨したが、体を動かすことすらままならなかった。大蛇の毒が体を蝕み、自分の命がもう長くないことを悟っていた。そして密かに用意が進んでいたとある計画についても、薄々勘付いていていた。

エキドナは自分の持つ魔力を此処で途絶えさせるのは惜しいと、自身を最後まで愛し嘆いてくれた末娘に自らの魔力をこっそりと伝承した。そしてその日の夜のこと、エキドナは自らの子供達に

断罪され、大広間へと連れ出されてその身を十字架に張り付けにされ、生きたまま炎で焼かれ命を落とすこととなった。

『エキドナは偉大な魔女だった。しかし悪魔に唆《そそのか》され、災厄を世に放ってしまった。あの時は辛うじて正気を取り戻し、自らが放った災厄を自らの手で食い止めたようだが、もはやエキドナは我らの愛する偉大な魔女ではない。ここに災厄を放った罪を裁き罰を与え、災厄の魔女は処刑された。これからは私が！　新たな王としてこのステラヴェルチェを導こう』

こうして、ステラヴェルチェ王国を生み出した偉大なる魔女エキドナは、【災厄の魔女《ディザスターウィッチ》】として子供達によって処刑された。そしてその亡骸が祀られることはなく、エキドナ自らが作り出したステラヴェルチェの王宮の地下空間、宝物庫よりも奥の封印の間に封じられたのであった。

◗◖●

「えっ、そのエキドナ様って、この魔神殿にいらっしゃいませんこと!?」

『ぴんぽ～ん♡　エキドナちゃんなら、今は魔術教官をしてるわよ～？　リアちゃんが気になって気になって気になってしょうがないけど、自分から声をかけに行くのはプライドが許さない不器用な子だからぁ、連れてってあげたら～？』

エキドナ様って、リアちゃんのご先祖様じゃん!!　リアちゃんも声をかけて良いのか悩んでて、結局声をかけられずに通り過ぎてる状態なら、これは私が責任を持って会わせてあげないと!!　あれ、でも待って？　ちょっと気になることが……。

「封印、されてたんじゃぁ……」

『その首飾り。本来はエキドナが身に着けてたものよ～？　一緒に封じられてたのに、どうして取り出されてるのかしら～♡』

「誰かが、封印を………？」

『ざんね～ん、はずれ～♡　宝物殿の扉が開いたことは一度もないの。もしも開いたら、エキドナがそれを感知出来るようになっているの。開けようと頑張っている奴はいるみたいだけど』

つまり、リアちゃんは宝物殿の扉を開けたことがないってことね。そして何も持ち出されたことはない。王家の首飾りはエキドナ様が身に着けていて、その遺体は宝物殿の更に奥に……？　だとしたらさっきのムービーには矛盾が生じてしまう。

扉は開いたことがない。エキドナ様の遺体と共に葬られた王家の首飾りは持ち出されている。更にエキドナ様は魔神殿にいて、半身が蛇の姿となって蘇っているってことは……。

「火あぶりの刑にされた後、エキドナ様の遺体はすり替えられている……？」

『凄いわぁ～♡　一気に答えまでぶっ飛んだわねイカれ女～♡』

「レーナさんもそうですけど、あーちゃんもたまに話が飛びますわね!?」

リアちゃんの魔術はそこらの魔術師のレベルを遥かに凌駕している。魔術の知識に関しても凄まじく、私が理解を拒むような難解な内容も知り尽くしている。更にあの魔力量、年相応のそれではない。いくらゲームシステムで強くなっている、そういう設定なのだとしても……。

つまり、エキドナ様の魔力を継承した末娘の血を受け継いでいるのは、間違いなくリアちゃんだ。リアちゃんの現在のクラスはディザスター・ウィッチなのがその証拠。そしてリアちゃんの先祖で

ある末娘が火あぶりにされたエキドナ様の遺体を何処かのタイミングですり替え、王家の首飾りも代々隠し持っていた。なんのためにそんなことをしたかまでは完璧にはわからないけれど……。

「エキドナ様の体の半分が蛇なのは、大穴の蛇の遺体を依代《よりしろ》としているからですか？」

『まてまた大正解！　凄いわね、ちょっと頭の中を覗きたくなってきちゃうわ！』

「バビロン様がそうおっしゃるのであれば、喜んで頭を割ります！」

『そ、そこまではしなくていいわ！　落ち着いて！』

「はい、落ち着きます……」

「テンションがまるでジェットコースターですわ……」

カシュパは私とは似て非なる力を持っているとリアちゃんが言っていた。これは私の想像になるけれど、カシュパの先祖は恐らくエキドナ様を火あぶりにした子供で、代わりに国王になると宣言した奴だと思う。その頃から私と似て非なる力を持っていたのであれば、もしかしたら死者を蘇らせる力も持っているかもしれない。しかし、宝物殿を開けることには成功していない……。

結論、カシュパは宝物殿の奥に眠っているとされるエキドナ様を蘇らせようとしていた。もしくは、その力を自分のものにしようとしていた。しかしなんらかの理由でそれは不要となり、障害となる者を殺す計画に変更した。そしてステラヴェルチェを乗っ取り、新しい王として君臨している。

「そうなると……なるほど、理解しました」

「わたくしは全然理解出来ませんわ!?　何をどう理解しましたの!?」

『少しは自分の頭で考えなきゃダメよ～派手派手女～♡』

「うっ、そう言われると弱いですわ……」

そうだよ～ペルちゃんも僅かな情報を組み立てて状況を推理しなよ～。まあ、これはバビロン様やリアちゃんからの情報のみで偏った内容だから、真実なのかどうかはわからないけどさ。でも、リアちゃんが王家の首飾りを所持していて、災厄の魔女の資質があり、エキドナ様が魔神殿にて復活しているのだけは事実だから。状況からしてこの推理で間違いないと思うけどね。

『そうだ、リンネの従者はワタシが生き返らせてあ・げ・る♡　もちろん無料よ～？　それっ♡』

「え、あっ！　ありがとうございます！」

『どん太が復活しました』

『オーレリアが復活しました』

『姫千代が復活しました』

『トルネーダが復活しました』

『ローレライが復活しました』

『(`・ω・´)』

『あんたは自分で再生しなさい』

『フリオニールが【鎧完全修復】を発動し、完全に回復しました！』

お、おにーちゃんだけ自力……。まあ、実は死んだわけじゃなかったみたいだからね。鎧が壊れただけなら再生出来るんだけど、手も足も出ないから打つ手なしとして何もしなかっただけで。

『わうっ……。（強かった、何も出来なかった、お腹減ったぁ……）』

「魔術のコントロールを失ったから、跳ね返されたのでしょうか。反省です……」

「片手で止められるとは……」

「体が木端微塵になる感覚しか記憶にないよ！」

「こわぁぁ…………。うち、暫くトラウマですぅ～……」

良かった、全員しっかり生き返ったわ。レベルも下がったりしてないし……。

『じゃあ、負けたあんた達は罰げ～む！！！♡』

えづ!?　聞いてないんですけど……!?

『わうぅ!?』

「き、聞いてないですっ!!」

「ば、罰に御座いますか……!?」

『(((;゜Д゜)))』

「あたしも聞いてないよそんなの!?」

「罰ゲームやだぁぁ……！」

『じゃじゃ～ん！　このルーレットを回して止まった名前の子は罰ゲームでぇ～す♡　ワタシが今決めたんだも～ん♡』

『わうぅ!?』

「今ですか!?」

「そんな理不尽な……」

「かぁ～～……。いや、仕方ないね。受け入れるしかないよ！　敗者は勝者に従うもんさ！」

「うち以外になれ、うち以外になれぇ……！」

「え、これわたくし達も入ってますの!?」

罰ゲーム、罰ゲーム……！　あのルーレット、しっかり私とペルちゃんの名前も入ってる！　え、しかも内容とか全く言わずに始まりそうな予感がするんですけど!?

『はい、すた～と♡』

うわぁ始まっちゃった!!　誰に、誰になるんだ、一体誰が、しかも罰ゲームの内容もまだわからないのに！　誰が突然決まった罰ゲームを受ける羽目になるんだー!?

『きゅぅぅん!!（ごはん抜きはいやだ!!）』

「変な服を着せられませんようにっ……!!」

「此方もごはん抜きは嫌で御座います！」

「え？　飯抜きなのかい!?　あたしだと酒抜き!?」

「うちはぁぁ……!?　焼き鳥ぃぃ……!?」

回転が遅くなってきた、どん太、リアちゃん、千代ちゃん、ねーさん、ローラちゃん……どん太……？　リアちゃん!?

「あ、あっ……！」

いや、まだ回る！　まだ動いてる!!　これはっ!?

『じゃ～～ん!!　リンネ、罰ゲームけって～い♡』

「リンネさん、ご愁傷様ですわ……」

「え、えっ……」

『はい、武器出して♡』

「あ、えっと、はい……？」

え、私が罰ゲーム……!?　最後まで生き残ったのに、いやそれは関係ないか……。罰ゲームで武器を……？　い、いったいどうして、何を……!?

『魔神バビロンが【カースド・アニメイト・フェティッシュ】を発動、所有していた武器が呪いにより変質し、呪物装備【★★死の芸術】が完成しました!』

『はい♡　これで暫く頑張りなさ〜い？』

えええええ!?　これじゃ、罰ゲームと称したご褒美じゃないですか!?　だって武器のレアリティも上がってるし、杖の見た目も……こっちは特に変わってないですね。でもバビロン様に作って頂いた特別感が凄まじいです。舐めたい。いやそれは我慢して……。せ、性能は!?

【★★死の芸術】（極悪・ミスティック・死霊杖・スロットなし）

・【呪】装備者は死亡時に爆発する
・【呪】闇・不死属性以外の攻撃魔術が使えなくなる
・【呪】時折、死者の声が聞こえる
・【呪】カルマ値が最低でなければ装備出来ない
・【呪】装備するにはこの装備以外に【呪】が６個以上必要
・サイズペナルティ無視
・物理ダメージを魔術ダメージとして変換する
・不死属性ダメージ＋44％

——我が死よ、芸術であれ。ｂｙ伝説の芸術家

強化不可・装備登録者【リンネ】・重量０・８kg

あ、強いって思ったけど、デメリットが相当厳しい上に、死亡時に爆発ってこれはもしかして……復活出来ないな!?　私みたいな反魂の儀式を覚えている人がいたとしても、死亡時に爆発したら復活が強制的に禁止されるやつじゃない……？

「こ、これって、死んだら復活は……」

『出来ないわよ？　死んだら、魔神殿《ここ》に戻って来るわね♡』

「そもそもあーちゃんが死んでしまったら復活させられる人はいないのではなくって？」

「いやそうだけど、それは現状の話であって、他にも反魂の儀式を覚える人が出てくるかもしれないし……。死んだら、爆発……!?　しかも私、死んだらレベルダウンですよね!?」

『そうね～♡　強制的にレベルが減って、爆発しちゃうわね♡』

「ほぎゃあ……」

なんという恐ろしい罰ゲーム……。これから先、絶対に死ぬんじゃないぞというプレッシャーを感じる！　これから先はもっと慎重に……いやでも、怖気づいてたら前に進めない。死なないように前進を続ければいいだけのことよ。死を恐れて前進しなければ、何も成果は得られないからね！

『それじゃ、これからも頑張りなさ～い♡　いつかワタシに勝てるといいわね～♡』

「は、はい……頑張ります……」

「努力は致しますわ……」

いやあ、偽物だとはわかっているんだけど、まだまだ勝てる気がしないんだよねえ……。あの超

火力と凄まじい機動力を見せつけられてはなあ……。謎言語の謎魔術についても謎だし、いずれ私もあんなのを使えるようになるのかな？　それも努力次第か～。

「では、失礼致します。今日はありがとうございました！」

「わたくしも失礼致します。手合わせ、感謝致しますわ！」

『ん～♡』

お椅子に座ったまま右手をふりふりして見送ってくださるバビロン様、あまりにも可愛い……。可愛すぎて鼻血出そう。鼻血の出し過ぎで出血多量による死亡からの爆発とレベルダウンを発動しそう。本当、バビロン様をデザインしてくださった人には感謝しかない。ありがとう……。

第三部

接触

「これからどうしますの？」

「ん？　あ～……リアちゃんのご先祖様のエキドナ様に会ってみようかなって。それから、ステラヴェルチェの偵察かな。到着する頃には日没だと思うし、夜に紛れてどんな状態なのかを調べようよ」

「それなら、わたくしも同行致しますわ！」

「うんうん、皆で一緒に」

「あたしは行かないよ。海賊が砂漠になんて冗談じゃないよ」

「うちも、ちょっと砂漠は～……」

え？　ねーさんとローラちゃんは行かないの？　ああ、う～ん……。そうだよね、従者だからって絶対についてきてくれるわけじゃないよね。まず一緒に行くかどうかを尋ねるべきだったわ。

「そっか、ええっと……。リアちゃんの故郷の偵察についてきてくれる子、誰かいる……？　昼間は焼けるように暑くて、夜は凍りつくほど寒いみたいなんだけど……」

『わんっ！（当然行くよ！）』

「絶対行きます！　当然です！」

「此方も当然同行致しまする」

『／(^o^)／』

「いつものメンバーですわね」

「じゃあ、ねーさんとローラちゃんはお留守番ってことで……」

ねーさんとローラちゃん、扱いが難しいなあ……。他の子は素直というか協力的なんだけど、どうにも接しづらい。まあ行きたくないのに無理に連れて行くほうが嫌われるだろうし、ここは２人ともお留守番ってことで。

「それじゃ、あたし達は別行動ってことで」

「さよ～なら～」

「あ、うん……」

「いいんですの？　少々、不義理ではなくって？」

「勝手に起こされて、勝手に従者にさせられて、行きたくもないところに連れて行かれる流れになったんだもん、当然じゃないかなあ……」

「此方はそうは思いませぬが……。第二の命を授かり、生前の悔いを晴らす機会を頂けたというのに、後ろ足で砂をかけるような行為には御座いませぬか」

「そうねぇ……。頑張って仲良くしたいけど」

まあ、うーん。あの２人との関係構築は今後の課題として、まずはリアちゃんの故郷の問題を解決しないとね！　ステラヴェルチェが現在どうなっているのかは、宝物殿は開いていないってことしかハッキリしていないし……。

『むっ……』

「あっ……」

リアちゃんが急に立ち止まったけど、どうしたんだろう……あっ！　エキドナ様とたまたま目が合っちゃったのね！　向こうも声をかけたそうにしているんだけど、どうにもなんて話かければいいかで迷ってるみたい。ここはひとつ、私のパーフェクトコミュニケーションで解決を……!!

「こここ、ここ、こんにちは……リリリ、リンネともも、申します……」

『うむ、魔神様より此度の活躍を聞いておる。大儀であった……本来なら妾に断りもなく名を名乗る無礼は万死に値するが、特別に赦してやろう。感謝の言葉を述べることを許可する』

うひゃあ、物凄く尊大なお方……！　そうだよね、ステラヴェルチェの元女王様だもんね！　こんな気軽に声をかけていいはずがないんだよねえ!!

「ああ、ありがたき、しし、幸せにござ」

「リンネお姉ちゃんをいじめるご先祖様は嫌いです！」

『え、あ、ちょ……違う、ここ、これは……!!』

あれ……？　なんか、様子が急変したような……？

『遠い子孫の、孫のように可愛いお前の前で、ちょっと格好いいところを見せたかっただけなのじゃ！　本当、そんなつもりは全く無い！　いじめようなどと思っておらぬから！』

「嫌いです!!」

『リンネよ!!　どうか今のことを赦して欲しい、悪かった！　悪かったのじゃ!!』

孫の前で格好いいところを見せようとした結果、思わぬ反感を買ってもの凄く焦っているお婆ち

ゃんムーブだ……!!　この人、意外とポンコツで可愛い人かも……？

「むぅ～……」

『リンネよ、どうか赦して欲しいのじゃ!!』

「だ、大丈夫です。気にしてないです、大丈夫ですから!!」

「お姉ちゃんがそう言うのなら、まあ……」

『ほっ……』

「わたくしのばあやそっくりですわ……」

まさかご先祖様よりも私の好感度のほうが高いとは、リアちゃんが私の想像以上に懐いてくれてるのは嬉しいけど、ステラヴェルチェについてのお話が円滑に進むか不安になってきたなあ……。

『あ、改めて。んん、おっほん！　妾がステラヴェルチェの初代女王、エキドナ・ステラヴェルチェである。今でこそこのような姿ではあるが、昔は――』

「エキドナ様の昔話はいいです!!」

『ちょっとぐらいさせてくれてもいいではないか～……』

リアちゃんが激怒してる……。怒ってる顔も可愛いんだけど、どうかその怒りを鎮めてはくれないでしょうか。エキドナ様がしょんぼりして、偉大なオーラが初見の半分以下ぐらいまで縮小しちゃってるから……。ほら、尻尾もしょんぼりしてもじもじしてるし……。

「えっと……。ステラヴェルチェは今、リアちゃんの兄であるカシュパによって支配されています。そのカシュパは、私とは似て非なる力を持っているそうなのですが、何か心当たりは……」

『ある。しかしただで教えるわけには』

「むぅ～……‼」

『うむ！　心当たりがあるぞ！　恐らくあの憎たらしき蛇の力であろうな！　大いなる淵の力、その一端を齧った蛇の力を借りておるのだろう‼』

　大いなる淵の力……？　蛇は、エキドナ様が退治なさったのでは……？

「蛇はエキドナ様が退治したと、ステラヴェルチェの歴史に刻まれていますが……」

『否、完全には退治出来ておらぬ。奴を封印することは出来たが、いずれまた必ず蘇る。この体はその代償、封印の呪いの代償なのだ』

「その封印が解かれた可能性は……」

『………否定出来ぬ』

「そもそも何に封印されていたんですか！」

『大蛇の瞳と呼ばれる紫水晶じゃ。妾が封印した後、行方がわからなくなっておる』

なるほど、じゃあほぼ間違いなくカシュパはその大蛇の瞳なる紫水晶を手に入れて、リアちゃんを死に追いやれるほどの絶大な力を身に付けたってこと……かな。確証がないから断言出来ないけど、状況からして恐らくそういうことだと思う。

「お姉ちゃん、早く確認しに行きましょう！　もしかしたら、カシュパは既に……」

「うん、大蛇の瞳を手に入れているかも。それと相手の戦力も確かめないと」

『もう行ってしまうのかえ……？』

「また来ます！　お姉ちゃん、行きますよ！」

「ちょっとちょっと、そんなにぐいぐい引っ張らなくても……！」

およよ～……。リアちゃん、そんなにエキドナ様のことを嫌わないであげて～……。私もリアちゃんからこんなに拒絶されたら泣いちゃうかも。ちょっと第一印象が悪かっただけだから！　いいところを見せたかった、見栄を張りたかっただけだから!!　ね!?

「リアちゃん、そんなに嫌わないであげて……?」

「蛇さんが、その、苦手なんです……!!」

「あ～……」

「それは、仕方ありませんわね……」

「此方も、どれだけ素晴らしい方であっても、容姿が狸であれば冷静ではいられませぬ」

「千代ちゃんは千代ちゃんで、狸がダメなのね……」

「苦手なものはどうしようもありませんわね」

そっか～。リアちゃん、蛇が苦手だったか～……。しかも第一印象まで悪かったから、余計に酷かったのね。そして千代ちゃんは狸がダメ、と。やっぱり狐と狸だから仲が悪いのかな。

「とりあえずターラッシュまで行ってみようか。ちょうど16時だし、日没には到着するでしょ」

「ええ、まずはターラッシュまでケルベロスちゃんに転送して頂きましょう！」

「え～っと、ローレイの北門に居る魔界の門番長だったよね？　送ってもらうって……?」

「ターラッシュとジードの街までなら転移門を出して頂けるそうですわ！　ローレイにギルドハウスがないと、帰る足がありませんけれど。当然ですけれども、魔界陣営に所属しているプレイヤー限定の機能だそうですわ」

「ほえ～……」

ほえ、じゃあ魔界門番長ケルベロスちゃんに、ターラッシュまで送って貰おう！　いやぁ〜魔界化したお陰で、一気に便利になったなぁ〜ローレイは！　この調子で全部の都市を魔界化出来ないかな？　どこでも行き来し放題になるじゃん！　最高最高！　じゃあ、その魔界門番長ケルベロスちゃんのところへ、しゅっぱーつ！


「——よう」

「わぁ!?　ハッゲさん!?」

「おう。出かけるみたいだったからな。これをクックさんに教わったんだ、持っていってくれ」

『**【魔界メシ！　ドラゴンサーロインステーキバーガー！】**を20個受け取りました』

「いいんですか!?」

出発しようとしたら、ハッゲさんから大量にご飯を貰っちゃった！　どん太の目がハートマークになってるのが、直接確認しなくてもわかる!!　でもどん太には少し小さいかな〜？

『わうぅぅぅ〜!?　わうぅぅ!!（僕の分!?　僕の分!!）』

「待ちな。腹ぺこちゃん達の分はこれだ」

『**【魔界マウンテン！　ドラゴンドラゴンドラゴンバーガー!!】**を４個受け取りました』

こ、これは……！　どん太も千代ちゃんも大満足のビッグサイズ……！　そしてこのネーミングセンスは、何……!?　内容が殆どわからないけど、とにかくドラゴンが詰め込まれてるってことだけはわかる!!　現実でこのサイズを食べるとなったら、10人以上は必要だろうね。

「いつもすみません、ありがとうございます！」

「素晴らしいですわ！　感謝致しますわ！」

「気にすんな。ギルド倉庫で腐らせてた……いや、腐ってはないな。余らせてたもんで作っただけだ。他の奴らの分もまだまだあるし、全員配布予定だからな。持ってってくれ」

「今度、いい食材が手に入ったら全部入れておきます！」

「おう！　俺の経験値になるからな、助かるぜ。じゃあな」

「ありがとうございました！」

「………元気に挨拶、出来るようになったな。嬉しいぜ」

「え？　何か言いました⁉」

「いや。気をつけて行ってこいよ」

「はーい！」

ハッゲさんからご飯も貰えたし、後で移動しながらどこか落ち着いた所で食べよう！　さて、とりあえず準備は大丈夫かな……？　何かやり残していることはないかな？

「リンネさん」

「ん、どうしたのペルちゃん」

「教会ダンジョンでの報酬ですけれど、勢いでローレイの教会に突撃していたから分配を忘れていましたわ。機械の部品のようなアイテムばかりで、これに興味を示したレーナさんが全てを買い取りたいと言っているのですけれども……」

「欲しい人が欲しいものを持っていくべきだよ～。機械の部品なんて私よくわかんないし、それに、私も勝手に魔神降臨の書を使っちゃったし……」

「わかりましたわ！　そう伝えておきますわね！」

そういえばドゲル達を倒した時の報酬、隠し報酬の本しか見てなかったわ。正直、魔神降臨の書を勝手に使った身としては、他の報酬を貰う権利なんて全く無いと思っているから、逆にお金を貰って本当にいいのかなって感じ。

「よし！　それでは、ケルベロスちゃんのとこに向かいましょう。こっちですわ！」

「はい、行きましょう～！　じゃあ皆、行くよ～」

『わんっ！（出発だ～！）』

「は～い！」

「御意に御座います」

『(*´∀`*)』

それじゃあ今度こそ、ステラヴェルチェに……ん？　誰か来る……！

「エ、エキドナ様……！」

『オーレリア～！　オーレリア～!!』

うわぁい、エキドナ様がめっちゃ必死にダッシュ……ダッシュ？　下半身蛇なんだけど、ダッシュって表現で合ってる？　まいっか。こっち来てる！

『オーレリアよ、ちゃんと装備は整えたかえ？　マナの調子は？　どこか体の具合が悪い所はないかえ……？　調子が悪かったら、明日に延ばしても良いのじゃぞ！　今日は妾と、一緒に部屋でお喋りでもして…………あっ』

「あ、どうぞ、続けてください……」

「大丈夫です、エキドナ様！　それはまた今度にしてください、いつかきっと！」

『ん、んんっっ……!! それでこそ、妾の力を継ぐ者じゃ。当然であろう! それだけの力を持ちながら失敗してみろ? 魔女の末裔として恥さらし、妾が直々にそなたを、ほ、葬って、やれるじゃろうか……。やるからな!! 気をつけていくのじゃぞ! 美味しいものを食べたら歯を磨くのじゃぞ! 風呂は毎朝毎夜入り、暖かい寝具でぐっすり寝るのじゃぞ! よいな!!』

「は、はいっ!! エキドナ様!!」

あ、すっごい微笑ましい光景……。初代女王としての威厳と、お婆ちゃまとしての顔が両方ごちゃごちゃに出てて、なんていうか、うん! 可愛いなこの人!

『リンネよ!! オーレリアに何かあってみろ、ただでは済まぬぞ!!』

「むむむむっ!!」

『あ、違うのじゃ、えっと……き、気を付けて行ってくるのじゃぞ! 妾は帰る!!」

可愛いなぁエキドナ様……。さて、今度こそ気を取り直して! いくぞー、ステラヴェルチェー!

◗ ◗ ●

『それでは、良い旅を』

『気を付けて行ってくるのですよ』

『砂漠にもお魚はいますか? いたらお土産にお願いしますワン』

『魔界門番長ケルベロスちゃんが【グレーターテレポーテーションポータル】を開きました』

「は、はい！　もしいたら、つつつ、釣ってきます！」

「リンネさん、多分いませんわよ!!」

「いってきまーす！」

『わんわうわう〜！（いってきま〜す！）』

ケルベロスちゃん、想像よりもお淑やかで可愛い子だった……。どん太３匹分ぐらいのサイズだけど、不思議と威圧感はなかった。ただ、メルティス側のプレイヤーが来た時は凄まじい迫力で追い返してたけど……。でも、どん太みたいな騒がしさはなかったわ。

「う、わ〜お……。本当にターラッシュだ」

「一瞬ですわね〜」

「将来私も、あれほどの大魔術が使えるようになりたいです！」

「ケルベロスちゃんは時空魔術に特化してるから容易だって言ってたけど、それにしたってこの距離を一瞬で行き来できるポータルを開けるのは凄いねえ〜……。リアちゃん、期待してるから！」

「はいっ！」

さあて！　戻ってきたよ、始まりの街ターラッシュに！　ローレイの北門からターラッシュまではあっという間だったけど、魔神殿から北門に到着するまでに色々と事件がありすぎたね。

まず魔神殿を出た途端にＰＫに襲われて、どん太先生に殲滅して貰って大儲け。無所属を名乗って魔界側のプレイヤーを狩る悪いプレイヤーがいるみたいね。

その後はどん太ファンに囲まれて、スクショを一枚だけ撮らせて欲しいとか、どん太にお顔を肉球でぎゅむっとして欲しいとか、とにかくファンが集まってきて大変だった。付き合ったお礼にア

バターのガチャチケ――なんと1枚300円もする課金アイテム――を5枚も貰ってしまった。良いのかなぁ……。

そしてローレイの北門へ到着して、魔界門番長ケルベロスちゃんと魔界門番犬オルくん&トロスくんと邂逅。どん太とオル&トロスくんが遊びたくて遊びたくてしょうがないっていう様子だったので、ケルベロスちゃんと私の『遊んでいいよ』の一言を放った瞬間にかけっこ遊びを開始、周囲のモンスターをばっこばっこふっ飛ばしながらローレイ周辺を一周して戻ってきたけど、勝ち負けは疑惑の判定。厳正な審査の結果、両者引き分けという結果になった。まあ両者とも楽しかったそうなので、勝ち負けはどっちでもよかったらしい。

『わうっ！（さっきいっぱい走ったからお腹減った！）』

「どん太は自業自得でしょ。って言いたいけど、どこかでご飯にしようか〜」

『わんっっ!!（やった〜!!）』

「まだ後よ、安全が確保出来てから。ＰＫが潜伏してるかもしれないし」

『わんっ!!（わかった!!）』

「どんちゃんは元気ですわねえ……」

「元気過ぎて困っちゃうわ」

とりあえず今はターラッシュの街を出て西へ西へ。どん太がお腹が減ってるのは自業自得だから、暫くはステラヴェルチェに向けて移動を続けるよ。

「……あの金色のピカピカは！」

「あ〜……」

と、思って移動してたら、見つけましたよ……。金色のアイツを……。前に偶然倒したゴールデンスライム。相変わらず目にも留まらぬスピードで動いとりますねぇ。ＡＧＩの数値が４桁とかになってそうだわ。

『ワウゥウ!!（あ、今度こそ捕まえてやる!!）』

「あのねえ、君さっき走り回ったばっかりでお腹が空いたって、あ～行っちゃった……」

「行ってしまいましたわね……」

あーあ、またどん太が走って行っちゃった……。あれ？　もしや成長したどん太なら本当に追いつけるのでは？　どん太の影にアビスウォーカーで潜伏して、そこからカーススピアを当てることに成功すればもしかしたら……狩れる!?

「ピギッ!?」

『【アビスウォーカー】を発動、どん太の影に移動します』

『ワンワンワウー!!（待て待て待てー!!）』

『NP1を消費、【カーススピア】を発動。金色のアイツが1ダメージを受け、【呪い・レベル5】状態になりました』

『ガウーッ!!（あーっ!!）』

『金色のアイツがスリップダメージにより死亡しました。MVPは貴方です。おめでとうございます！　MVP報酬は【★★★緋緋色金《ヒヒイロカネ》・2個】です』

え、あ。倒した……。本当に上手くいった!!　しかも前に私が倒した時のＭＶＰ報酬は【りんご】だったのに、今度はヒヒイロカネだぁ!?　なにこれ？　アルティメットトレアリティの素材アイ

テムじゃん!!　ヒョエー!　しかも2個!!　何に使うの……?

『わう……(もうちょっとで追いついたのに……)』

『**【アビスウォーカー】を解除します**』

「それ以上無駄に走ったら、お腹が空いて動けなくなっちゃうでしょうが!」

『きゅぅん……(確かにそうだけど、お腹減った……)』

とりあえずヒヒイロカネは置いておこう。それよりどん太の腹ぺこメーターが最低値まで行きそうなのよ!　全く、お腹減ってるのに無駄に全力で走るから!

「リンネさ~ん!　遠くまで行き過ぎですわ~!!」

「お姉ちゃん、もうすぐ砂漠に入っちゃいますよ!」

「え、そんなに走ってきたの……?」

『(;´∀`)』

「ここらで食事にしては如何ですか?　此方はその、もう待ちきれませぬ!」

ありゃ、アイツを追いかけてたら一瞬で砂漠手前まで来ちゃったのね。そしたらここでちょっと早い晩ご飯にしようか。

【ステラヴェルチェ砂漠】

見渡す限りの砂の海。昼間は立ち入る者に灼熱、夜は昼の暑さを嘲笑うかのような極寒が襲いかかってくる。豪雪と豪雨による水害に悩む北の大地ルテオラから人工の河が引かれており、砂漠の

中央には湖とステラヴェルチェ王国が存在する。なお、現在の季節の日没はかなり遅い。

――――あっつ～………。

「いきますよ～どん太さん！　スプラッシュショット！」

『オーレリアが【スプラッシュショット】を発動しました』

『わうぅぅぅ～!!　わふっ……わふっ……（暑いよぉ～!!　お水、お水……）』

リアちゃんのほうきで、水が幾らでも供給出来るのが救いだわ……。あの時作ったほうき、うみのどーくつダンジョンの攻略のみならず、この砂漠での貴重な水資源の無限供給源になってくれるの本当に偉い。偉すぎる……。あっちではブリザードクラッカーが主な攻撃手段だったから使わなかったけど、こっちではスプラッシュショットの方が大いに役に立つわぁ……。

「千代ちゃんも水被っとく……？」

「此方は寒暖差に慣れておりますので！　平気に御座います」

「わたくしの鎧がアツアツの鉄板になっていますわ……」

「リンネ殿の方こそ、此方よりも暑そうなのですが……」

「お洒落はね、我慢なの。これしきの暑さで崩すぐらいなら、最初から着るべきじゃないわ」

「覚悟が決まりすぎですわ……。わたくしはもう脱ぎたくて仕方ありませんわ……」

確かにこの中で一番暑そうなのは私だけど、これしきのことゴスロリを脱ぐ理由にはならない！お洒落はいつだって我慢で出来てるの!!　それにどん太も黒いもふもふが暑そうだし、リアちゃん

も黒い魔女服が暑そうだし、おにーちゃんとペルちゃんも鎧に水をかけるとじゅーって音がするし……。あれ……？　今、冷静に思ったんだけど私達、砂漠に来る格好じゃなくない……？

『わんわん！　わうぅ！（我慢出来ない！　走ったほうが良いよ、風が涼しいよ、きっと！）』

「どん太、信じられないほどお馬鹿な結論に至ったね……!?」

「この砂漠で、走る気ですの!?」

「走るのであれば、此方と競走致しましょう！」

『）´ω`（』

「フリオニールさん！　元気を出してくださ～い！　それ!!」

『オーレリアが【スプラッシュショット】を発動しました』

『(*´ω`*)』

ああ、もうダメだ、どん太が走る体勢になってる……。どん太の背中に乗せる人だけでも決めよう……。とりあえずペルちゃん、おにーちゃんは乗せよう。リアちゃんはほうきで移動できるから大丈夫で、千代ちゃんは走る気満々……。

リアちゃん、こんなに暑いのに一言も暑いって言わないんだけど、大丈夫なの？　ああ、あああ!!　そうか、リアちゃん元々こっちの出身だから、慣れてるのかぁ……!

「私はどん太の影に入って移動するから、ペルちゃんとおにーちゃんはどん太に乗って移動しようか。他は、各自で移動可能かな……？　大丈夫？」

『わんっ！（大丈夫！）』

「では、此方は走りまする！」

「どんちゃん、重いけど頑張って頂戴ね……」

『(：´∀`)』

『【アビスウォーカー】状態になりました。どん太の影に移動します』

どん太、走ったほうがいいと言い出したのは君だよ……！　果たして、ペルちゃんとおにーちゃんを乗せてもこの砂漠を走りきれるのでしょうか……！　どん太くんの挑戦です！

『(どん太、しゅっぱーつ！)』

『わうぅぅ～！　わう！　(走ったほうが気持ちいい～！　最高！)』

「わぁっ!?　結構、揺れますわねっ……！」

『(*´∀`*)』

「リア殿！　この方角に進めば、ステラヴェルチェに着くのですね？」

「そうです～！　上空からだと、もう遠くに見えてます！」

「あ～……ぼんやり見える気がしますわ～……」

どん太、走った方が元気になったな……。ペルちゃんがどん太から振り落とされそうになってるみたいだけど、そればっかりは慣れて頂戴ね！

『わう、わう～!!　(見えた、見えた～!!)』

「むっ！　どん太殿、流砂です！　そちらはいけない!!」

「どんちゃん、右よ!!」

『わう?　わんっ！(りゅーさ?　右、覚えてるよ！)』

「あら、右を覚えてくれたのね！　お利口さんですこと！」

おお、どん太が言葉の通じないペルちゃんの『右よ』に反応した！　右がどちらなのか理解出来てるなんて、なかなかに賢いじゃないの！　そして遠くに建物が見えてきた。あれがリアちゃんの故郷、ステラヴェルチェ王国ね……うっ……!?

『わうん……？（急に涼しくなってきたかも？）』

「日が沈むと、この砂漠は骨まで凍ると言われるほど寒いんです！　急がないと！」

「日没前でこの寒さですの!?　急すぎませんこと!?」

日没前に寒くなってきたなんて……。これがステラヴェルチェ砂漠の厳しさ……！　とりあえず急いで移動しないと、やっぱり走って大正解だったわね！

「この悪寒は……」

『(´・ω・`)』

「リア殿、感じまするか？」

「感じます……。王都の外まで、嫌な気配が漂ってきています」

あれ、もしかしてみんなが感じている寒気は、自然現象によるものじゃない……？　影の中だからどのぐらいの寒気かわからないけど、ただごとではないってことだけはわかるね……。

「リアちゃん、砂漠にモンスターは居ませんの？」

「…………本当ですね。どうして、モンスターが居ないんでしょう」

「これだけ派手に騒いで走っていれば、気付かれてもおかしくないはずですわ」

「確かに、全く気配がありませぬ……」

『(全員、ストップ。ここからは慎重に接近しよう。私も表に出るから)』

『【アビスウォーカー】を解除します』

ペルちゃんが異変に気付いた。言われてみれば確かに、この砂漠にはモンスターの気配が全くない。砂漠に入ってからモンスターと遭遇したことが一回もない。

どういうことなのか調べたいのは山々だけど、日没が近いから悠長に情報収集もしていられないし、このままだと暗い極寒の砂漠で遭難しかねない。これがステラヴェルチェ王都で発生している異常なのであれば、調査せずに引き返すわけにはいかない。

「…………」

リアちゃんの表情が凍っている。どうやらこの異常な状況に、最悪の事態を想像しているみたい。どん太もどことなく嫌な雰囲気を感じているらしくて、いつもなら私に何があるとか何が見えたとか伝えてくるのに、口を結んでだんまりを続けている。

「見えてきましたわね……あまりにも静かですわ……」

「……………そう、ですね」

「なんだか嫌な感じが漂ってくるね……」

ステラヴェルチェの王都から、不気味な異質さが私にも伝わってくる。なんだか、変だ。静か過ぎる。ぞわりとした感覚が、背中をつ～……と撫でていくような悪寒。途轍もなく気分が悪い。

「…………まさか」

『ガゥゥ……！（嫌な臭いがする！）』

「これは酷いですわ……」

これは……。ここに来る前に予想していたステラヴェルチェの王都の様子と、余りにも違い過ぎ

る……。リアちゃんが青ざめるような惨劇、どん太が感じた嫌な臭い、王都の東門の隙間から見えた光景。最低最悪の状況。

「カシュパは、大蛇の瞳を……その力を、既に使いこなしているようです……」

ステラヴェルチェの民が、アンデッド化している。ゾンビ、スケルトン、不死者達が王都を練り歩いている。漂ってきていた寒気は死のオーラだ。ステラヴェルチェは、巨大な墓地と化している。

「どうやら、私達に全く気がついていないようですね……」

「全然反応しませんわね……。魂を抜かれているかのようですわ……」

「酷い……。どうしてこんなことを……！」

『…………』

『わう～……!!』

「しっ……！　ここはもはや敵地のど真ん中、出来るだけ静かに……闇に紛れて移動を」

千代ちゃんの言う通り、ここは敵地のど真ん中だ……。思うことは沢山あるけれど、声を押し殺して日没とともに闇に紛れて潜入しよう。

「どうしてこんなに、ゾンビだらけに……」

「男性の不死者がいませんね……。もしかしたら、さらに穴を掘らせているのかもしれません。大蛇が現れたのは大穴の奥からという伝承だけは誰でも知っていますから、カシュパは更なる力を求めて穴を掘り進めているのかもしれません」

「そっちも併せて後で確認しよう……」

『わう～……』

カシュパが穴を掘らせている可能性があるのね……。とりあえず暗くなってきたけど、どうしようか。まさかこんな事になってるとは思わなかったから、これじゃギルドハウスを借りるも何も出来ないよね……。

「持ち主のいない家を貰ってしまいましょう。臨時のギルドハウスとして活用するのです」

「え……そんなことしていいの……？」

『ギルドメッセージ：ペルセウスがステラヴェルチェ王都にギルドハウスを（無断）借用しました。以後、ギルドハウスとして転送機能が使えます。このギルドハウスは宣戦布告無しに破壊することが出来ます。注意して下さい』

「よし、これでいいですわね」

良くないと思うんだけど。いや、うーん……！　まあ仕方ないかぁ……！

「それにしてもなんだか、おばけが出そうですわね……」

「お、おば……むぐぅっ……!?」

「しーっ……!!」

千代ちゃん、落ち着いて！　出そうじゃなくて、間違いなく出るから！　いやぁ～……。とっても強い千代ちゃんが、おばけが苦手なの可愛いなぁ～！　さっき自分で静かにって言ったのに、思いっきり叫びそうになってたもんね！　それぐらい苦手ってことね……。

それにしても、う～ん。外の光景が完全にホラーだ……。カシュパにやられて死んだ可哀想な人達なんだろうし、なんとか助けてあげたいけど、これだけの人数では……。

「なるべくここの住人は傷つけたくないね。皆、気をつけてね」

「御意に、御座いまする……」

「これだけ大量の不死者、さすがのリンネさんでもどうしようもないのではなくって……？」

確かに、これだけ大量だとどうしようもないかもしれないけど……。なんとか出来ないか考えてみようと思う。リアちゃんの今の表情を見て、どうにも出来ないなんて言いたくない。

「なんとかする方法、考えておくから」

「まずは一旦ローレイに戻りましょう？　本格的に夜になってから、もう一度潜入したほうが良いですわ。それに、心の整理をつけてから来るべきですわね」

「そうだね……。あ、チャンネル変更も出来ないんだ。時間の変更が出来ないように固定されてるのね……ストーリーをクリアするまで、この機能は解放されなさそう」

「そうですわね……」

とりあえず、ローレイに戻ろう。この光景にショックを受けて、潜入どころじゃなくなってるし。まずは心の整理をつけて、それからもう一度チャレンジしよう。それにもう19時だわ！　３時間近く砂漠を走ってたのかぁ……。時間が経つのが早いねえ……。

「また次にしよう……？　リアちゃんも、それでいい？」

「はい……。ありがとう、ございます。本当に……」

「皆で協力して解決しよう。私達のことを、家族だと思って頼ってくれていいから」

「わかりました。困った時は家族の力を頼ります。今回は、戻りましょう……」

とりあえず帰って、一度立て直そう。まずは砂まみれで気持ち悪いだろうから、魔神殿の２階にある大浴場を利用して頂いて……。私もリアルに戻って、ご飯とお風呂と済ませてこようかな～。

「そうそう、21時からオークションですわよ？　忘れてませんわよね？」

「あっ、わ、忘れてないで～す……！」

「そうですのね、忘れてましたのね。リンネさん以外の皆様も、便乗して売り渋っていたお宝を出品するみたいですから、楽しみですわね」

「おーそうなんだ……。ステラヴェルチェ攻略の助けになるものがあるといいなあ」

「では、戻りましょうか」

そうだった！　21時からオークションなの忘れてた！　ちょうど色々と済ませてきたら、オークションの時間になるね！　リアちゃんが少し心配だけど、自分の用事を済ませないと。心配だ～ってじっとしてて自分のことをやらなかったら、リアちゃんに更に余計な負担をかけちゃうだろうし。

まずは魔神殿に戻って、ログアウトしようか。

第二章――攫千金

『――次のニュースです。京都府では昨晩から降り続いていた大雨が止み、大規模な河川の氾濫こそあったものの、死者行方不明者の報告はありませんでした。しかし避難時に転倒などによる軽傷を負った怪我人や、避難所で体調を崩した人がいるなどの報告が相次ぎ、依然として災害対応に追われる状態が続いています。なお、一部地域で中規模範囲に発生した停電は今は復旧したもよう――』

京都の方で降ってた大雨がやっと上がったらしい。こんなに大規模な災害が発生してるっていうのに死者行方不明者、それに重傷者が今現在確認されていないっていうのと、怪我をした人も転んだ程度で済んでるあたり災害対応能力の高さが窺《うかが》えるし、停電がこんなに早く復旧するのも技術の発達を感じさせられる。

昔のニュースとか見ると、河川氾濫で何十人何百人の死者とか結構あったみたいだし、今の時代って凄いなぁって思う。２０００年に入ってから数十年間は異常気象、極端な気候現象との戦いだったみたいだし、その辺りのノウハウが活かされてるんだろうなぁ～……。あ、今日のお米はちゃんと炊けてる、美味しい。私の炊飯技術も上がってきたな……。

ん？　スマホに通知が……。メルティスオンライン……？　あーそうだ。ダイブシステムと同期

してるから届くのか。スマホとダイブシステムを同期させることで連絡先の登録が可能で、万が一ダイブシステムの利用中にバイタル異常を検知した場合、自動的に救急車を呼んでくれて、更に事前に設定した相手に緊急事態を知らせるメッセージを発信してくれるサービスとかもあるのよね。

ちなみに私は真弓に連絡が行くようになってる。

それでえぇっと、誰からメッセージが届いたのっと……レーナちゃん!?

『大雨。家、水没した。でも心配しないで、無事。電気も復旧したから、ログインしたよ』

レーナちゃん、家が水没しちゃったの!?　でも無事だったなら良かった……！　ログインできる程度には余裕があるってことで、いいのかな……？　かなり心配だけど、ログインするならあっちで様子を確かめたほうが良いよね。それじゃ、ニュースも見終わったし、後はくだらないバラエティ番組しかないから消して……。行きましょうかぁ、バビロンオンライン!!　もうあのゲームにメルティス要素ないし、バビロンオンラインで良くない？　良いよね？

『バイタルチェックスキャン開始……問題ありません』

『東京都の今後の天気は雨が予想されます。窓やドアの閉め忘れにご注意ください』

『閉め忘れに問題はないと回答を頂きました。バーチャルダイブシステムを起動します』

『バーチャルダイブシステム起動……ゆっくりと、目を閉じてください』

『バーチャルシンクロ開始……完了』

『ようこそ、仮想現実空間へ。バビロンオンラインのプレイがリクエストされました』

『バビロンオンラインが見つかりませんでした。メルティスオンラインのプレイがリクエストされました』

『メルティスオンラインへアクセス中……リンク完了』

ッチ……。いつか必ず、バビロン様を絶対の存在にして、バビロンオンラインにしてやる……！

『おかえり～♡　愛しのバビロンちゃんから、ア・ド・バ・イ・ス♡』

うんっ！　！　聞く聞くぅ～!!

『魔術攻撃、遠距離攻撃スキルでも、直接攻撃判定を持つスキルがあるのよ～？　これは直接攻撃の反射の対象になるから、気をつけなさ～い♡　これだけ聞くとデメリットが目立つかもしれないけれど、これはこれでメリットもあるのよ～？　詳しくは自分で確かめてみなさいな～♡』

はぁ～い！　は～……ログインする度にバビロンちゃんからの豆知識コーナーが入るの、やば、脳が溶けてからログインすることになるからログイン直後に隙だらけになっちゃう……。やばいやばい……。バビロンちゃん可愛すぎるよぉ……！

「おやおや、帰ってきたねぇ～」

「おっそ～い」

「あら、おかえりなさい！　皆もう揃っていますのよ！」

「よう！」

「来よった！　待ってたでぇ！」

「おかえり～」

おおう、まだ21時になってないのに全員ギルドルームにいる！　リアちゃんを囲んでお勉強会をしてる魔術師チームのお姉さま達と、いつもは見かけないギルドメンバーもいる!!

「おっ、はじめましてッスね、華胥の夢の探索開拓部、地図の作成や未開拓地域の探検をしている

チームのリーダーの赫《あか》ッス。よろしくッス！」

「え、あ、よ、ろしく……おね……しま……す！」

「そういえば、結構お話ししているのに名乗っていませんでしたね。華胥の夢の魔術開発研究部リーダー、ミッチェルです。改めてよろしくお願いします」

「よろしく、おねがいします……！」

あ、えっと、はい……！　赫さんははじめまして、ミッチェルさんは改めましてよろしくお願いします……。え、ギルドに置いてある大きな地図って、赫さん達が作ったものだったりする……？

「赫さんとミッチェルさんはね～、元々別のギルドのマスターだったんだよ～？　僕が華胥の夢を設立する時に、合併したんだ～！」

「ローレイの海賊退治の時ッスね。主に食料調達とかアイテム調達の支援面で働いてたッス。あの時はレベル低かったんで！　あ、今また平均レベル45ぐらいになっちゃったんッスけどね！　全員魔族転生したんで！　あははは!!」

「同じくその時に住民NPCに魔術を教えて、数で押し切る戦いをしていました。こちらのチームは元々レベル40以下どころか30前後が多かったので、レベル40台になれるのはメリットしかありませんでした。この魔神殿出現には感謝しかありませんね」

なるほど……。それで毛色の異なるチームが2つあるのね。よくこれでギルド運営が出来てるなぁ……。お昼寝さんが自由な人だから、ギルドの器も大きいのかな？　幅広い層のプレイヤーが居て面白いね！

「赫さんとミッチェルさんは、サブマスターにならないんですか……？」

そして疑問！　この2人、元はギルドマスターだったはずなのに、サブマスにならないの!?　この2人こそサブマスになるべき人たちじゃない!?

「あ～それはッスね、探検に夢中なんで、サブマスとかやってても意味ないなーって思ったからッスね！　それに、スカウトはあんまり得意じゃないんで！」

「こちらも似たようなものですね。魔術関連の研究とその実験に夢中ですので」

「なので、リンネさんがサブマスのほうが絶対にいいッスね！　それに、魔神殿建てた人がサブマスじゃないのはちょっとよくわかんないんで！」

「そうですね。魔神殿を建てたのがリンネさんと聞いて驚きました。色々と聞きたいのですが、ギルドのルールがありますからね」

なるほど、うーんなるほど……？　あれ、なんで私がサブマスになるような話になってるの？

「じゃーじゃー改めて。みなさーん、集まってくれてありがとう！　なんと出席率100パーセントで、ギルドオークションを開催いたしま～す!!」

「わー」

「始まりますわ～！　楽しみですわ～～!!」

「おう。金は、めっちゃあるぜ」

「あれは絶対ワイが貰うで！」

「皆気合入ってるねぇ～……エリスちゃん、お金足りるかな～？」

「いやぁ～楽しみッス！　探索打ち切ってまで来たッスから、もしかしなくても商品はアレだけじゃないんッスよね!?」

「他にもあると聞きました。ちなみに私達が出品しているものもございますので」

わ――開始だー………？　あれ、そういえばどん太達は？　なんか違和感があると思ったら、どん太達が居ないね!?　どこに……1階？　ああ、従者情報を見たら、魔神殿内部を歩き回ってるみたいね。どん太はモッチリーヌちゃんのところに行ってる、リアちゃんは図書室に、千代ちゃんは食堂、ねーさんとローラちゃんは非公開か……。あれおにーちゃんは？

『(*´ω｀*)』

お る や ん け 。ギルドルームのインテリアに化けてるじゃん!!　なにを、さも『私はただの鎧ですよ。インテリアですよ』みたいに立ってんのよ。違和感なさすぎて気がつかなかったわ！　こっちが気がついた途端にエモーション出してくるし、なんともお茶目な人だわ、本当……。

「そのまえに、まずは皆に紹介をしまーす。満場一致で新しいサブマスターに決まったリンネちゃんで～す！　リンネちゃん、詳しい話はペルちゃんから聞いてるよね？」

「え、聞いてないです」

「リンネさん!!　バビロン様とお話しした後、ぼーっとしながら返事をしましたわね!?　全部説明しましたのよ!?　なってもいいって言いましたのにー!!」

「え、ごめんなさい……。え、良いんですか……？　新参者ですけど……」

ええ、私が、サブマスター……？　まだギルドに来て数日ですよ!?　大丈夫なんですか!?

「じゃあ改めて、僕から説明しようか。特にリンネちゃんに何かをして欲しいとは要求しないよ。ギルドの装飾とか諸々も自由に変えていいし、その他の機能も自由に使って。ただ、誰かを除名するとか加入させるのは一旦僕を通してね」

「ど、どうしてこんな高待遇を……」

「これからもなんか色々と発見してくれそうじゃない？　だからその都度サブマスターに頼んでギルドに全体メッセージを送ったり、ギルド掲示板に書き込むのにいちいち誰かを通してたら面倒でしょ？　リンネちゃんの躍進をサポートする意味で、サブマスターになって欲しいんだよ～」

それが、満場一致で決定したって言うんですか……!?

「俺からも言うが、リンネちゃんは既にこのギルドを引っ張っている最前線のプレイヤーだ。俺達が教会に攻め込むのを尻込みしている時に、ケツを引っ叩《ぱた》いてくれた。間違いなくその座に相応しい。これからもギルドを引っ張って欲しいんだ……もちろん、俺達も引っ張られるだけでいるつもりはないぜ。様々な方面でサポートするつもりだ」

「なんやハッゲに言いたいこと全部言われてもうたなぁ」

「頭にイカ乗せてるくせにイカしたこと言うじゃ～ん」

「ん、イカだけに」

え、どうしよう……。なんか、泣きそう……！　こんなに大勢の人に認められることって、今までなかった気がする……？　どうだろう、覚えてないけど……でも！　凄く、嬉しい。

「どうかな、なってくれるかな……？」

「ふちゅちゅかものですが、つ、ちゅつしんで、お受け致しましゅ……!!」

「噛み噛みで可愛い。好き」

「リンネ新サブマスターの誕生ですわー!!」

「よぉし！　今日は最高の日ッスねえ!!」

「よっしゃ、今日は奮発するでー!!」

「お前ら、このオークションの後パーティもあるからな。参加してけよ！」

「サブマスター就任おめでと～！」

わあ、皆から、温かい言葉がいっぱい飛んでくる……！　ありがとう、ありがとうございます。

私、私……！

「このギルドのサブマスターとして、恥ずかしくないよう、精一杯頑張ります……!!」

『(*´∀`*)』

「皆様も、リンネさんに置いていかれないように精一杯頑張りますのよ！」

「そういうペルちゃんもね～！　よぉし！　新サブマスターが決まったところで！　今日の進行はこの僕が～と言いたいんだけどね？　慣れてる人が居るんですねぇ～。ペルちゃん、お願い！」

「ええ、では！　わたくしが進行役を致しますわ～！　本日のメインの商品は既にご存じだと思いますの……ですが！　本日はメイン以外にもたくさんの商品が用意されていますのよ！　その他の商品に関してはリストにしてアイテム名だけ記載しておりますわ！」

ふぁあああわ～緊張したぁ～……。それで、オークションの進行はペルちゃんか～！　もう皆リストに載ってる名前を見てるだけでそわそわ、ざわざわってしてるよ……！　いやぁ、名前を見ただけじゃよくわからないのがちらほらあるなぁ～……これは私が勢いで作った呪物だなぁ……!!

「黒鉄の輪ってなんや……？」

「え、マスターが使ってたファイティングガントレット売るんッスかぁ!?」

「俺これ欲しいかも」

「え、めっちゃある。金そんな持ってきてないんだけど」

「あ……。これ杖っぽい名前……」

「後から出てきた物が欲しい時に、お金が無くなっていたら困りますね……」

「それではまず、これから！【スナイピングクロスボウ＋12】ですわ!!」

「はぁ!? レーナちゃんの使ってたヤツじゃん!!」

「え、要らないの!?」

「んっ！」

最初に出品されたのは、レーナちゃんが前に使ってた武器らしい！　スナイピングクロスボウ＋12……12!?　過剰強化してるのなんてペルちゃんぐらいだと思ってた！　レーナちゃんも、結構ガッチガチにやるタイプなんだ……!?　でも遠距離武器を使う子いないし……。

「見ての通りの大型クロスボウ、徘徊型ボスモンスターのリトルレッドドラゴンを撃ち落とした、あのレーナちゃんが使っていた武器ですわよ！　性能は今皆様に共有した通り！　まずは500万からスタート希望でしたので、500万からですわ！」

「たっか!?」

「700出すッス!!」

「いきなり700が出ましたわ！」

「ユニーク装備で＋12が700ならちょ～安いよぉ～？」

「800！」

「があ～～……850出す!!」

「９００ッス！」

「９００が出ましたわ！　９００以上は居まして!?」

うわぁ、うわぁ。９００って、もう倍近い値段になってるよ、ユニークの＋12武器ってそんなに高級なの……!?　処刑斧の＋12って、実はこれとんでもないものをペルちゃんに貰っちゃったんじゃぁ……。

「１０００!!」

「１１５０、出すッス！」

「１１５０かぁ～……！」

「１１５０なぁ……！」

「さあ１１５０！　これ以上居まして!?」

これは、赫さんが１１５０万シルバーで決まり、かな……!?

「１３００で～す！」

「１３００!!　魔術師チームのカイナさんから一気に１３００が出ましたわよ!?　え、使いますの!?」

「カイナちゃんはマジックシューターだっけ～?　属性弾を撃つ魔術職だよ～」

ひょえ～。１３００!?　もうなんだか、初っ端からぶっ飛んだ数字が飛び交ってるよぉ……!?

私今、１７０万ぐらいしかないんだけど！　宝箱の収益しかないよ!?

「１４００ッス!!」

「降りますぅ～……勝てると思ったのに～……」

「1400！　他にありませんの！　1400!!　赫さんで決まりですわ!!」

「やったッス～!!　レーナちゃん、大事に使わせて頂きまッス!!」

「んっ、つよいよ。1400、ありがと！　もらった～」

「最初から数字が強いですわ!!　では次は軽めの商品で行きますわよ。【ターゲットシールド】ですわ！　まずは100万から」

んっ!?　ターゲットシールド……!?　実はおにーちゃんに欲しい装備だったりしない!?　あ、ヘイト上昇量＋25％にバランスのいいガード耐性の大盾……あれ？　ホ・タテの劣化版じゃない？

うーんこれは、良いか……。それにお金がないわ！　最終落札まで聞き流しておこう。

「110！」

「110万！　他に無いですの！　110万で決まり！　探索チームのコナーさんですわ！」

「コナーさん、レイジに110渡しておいて～」

「思いの外高値になりよったなぁ、おおきに！」

「ヘイト率の上がる大盾、少ないいんですよ～。希少ですからね～」

どうしよ、ホ・タテの存在を教えたいけどコナーさんが絶望しそうなんだけど……!?　い、言わないでおこう。今は気持ちよく購入したんだから、気分を下げるような情報は……。

「ちなみにうみのどーくつでヘイト50％の大盾、出る。レジェだから、結構出ないと思う」

「本当ですかぁ!?　いや～あそこはヘイト取りにくいから、これで取りに行きやすくなりそうです！　今度行ってみます！」

「んっ」

レーナちゃんが、言っちゃったぁ……!?　でも、コナーさん凹むどころかメッチャ喜んでる……。

上の目標が出来ると喜ぶタイプ？　このギルドの人、更に上があるとかわかると喜ぶタイプの人多そうだし、そっか、いいのかぁ言っても……。

「では次は【カルサムの白銀＋7】！　これはレジェンダリー武器でしてよ！　性能は表示の通りですわ！　では100万から！」

うわ、もう次だ！　えっと、カルサムの白銀……？　なんだろ、どんな武器……おお～～。

【★カルサムの白銀＋7】（最上級・レジェンダリー・暗器・空きスロット2【〇〇】）
・ヘイト率－50％
・斬属性攻撃＋20％＋14％
・斬耐性無視20％＋35％
・空き
・空き
——この一撃、見切れるかしら？　by魅惑の殺し屋カルサム
強化可能・重量1・2kg

「はいはいは～い。エリスちゃんが400万出しまーす」

「450！　私も暗器使うんです～！」

「あーアサシンも暗器が使えるんだよね～……500～！」

「550！」

「ん～700！」

「え、ぐぅ、ぐ～……」

「700！　さあ、他に居ませんの？」

「にっしっし……」

「700でエリスさんに決まりですわ！　お金はミッチェルさんに渡して下さいまし」

「ええ、確かに。受け取りました」

「やったった～。暗器がもう1本出なくて困ってたんだよねぇ～……！」

「うぐ～……欲しかった～……」

暗器はエリスさんが落札したか～！　白銀の暗器、格好良いなぁ～……。金色のと二刀流にしたら面白そうじゃない？　あ、金色!!　金色って言えば、金色のアイツの死体！　死体安置所に自動納棺されてる！　見落としてた！　え～どうしよ、成功したら売り物になりそうだし……。

「あ、ペルちゃん続けてて～。ちょっと離席～……」

「あら？　ええ、では次の――」

よ～し。やっちゃうか～！　いざ、いつもの3号室へレッツゴー!!　あ、でもすぐに出てくるのは良くないかな？　もし出来上がったなら今作って来ました感満々だし、ちょっと時間を掛けたフリをして……。どうせ私お金ないし、私の商品後半に固まってるし、それまでに戻ればいいよね。

【金色のアイツ】

金色のスライムに見えるが、詳しい正体は不明。攻撃されそうになると一目散に逃げ出す。

これまで討伐に成功したプレイヤーがいたという情報はなく、一般的には誰にも倒すことが出来ないユニークモンスターと認識されている。


「ただいま～……。お昼寝さん、これリストに入れておいて下さい～」

「んえ？　んえ!?　ちょいリストの15番に新商品追加、追加でーす！」

「おお？　なんだこれ？」

「よーわからんな……？」

「なーにーこーれー？」

「これ、名前の通り、ですの!?」

「どういう意味なんッスか？　これって？」

「これは、これは……？」

いやぁ、出来ちゃった。出来ちゃったよ、黄金のアイツを使った呪物が……！　本当は盾を作ろうと思ってたんだけど、なんか最終的に出来たのは盾じゃなくなっちゃったのよ！

「お静かに！　まずは先の商品を！　12番、【★ダークイヤリング】ですわ！　レジェンダリーのイヤリング、それもスロット付きですわよ！」

おおっと、ちょうど私の出品物の番だった！　もうちょっと時間かけようかと思ってたけど、ジャストタイミングだった。危ない危ない。

「物理攻撃全ての耐性上昇!?」

「え、なにこれやば」

「ぶっ壊れてない……？」

「デメリットは、ＨＰ自然回復？　あってないようなもの〜」

「実質ほぼデメリットなしだねぇ〜……」

「生存能力に関わってきますね。これは欲しい……」

「では、３００万から！」

「俺は５００出すぜ」

「ハッゲさんが５００！」

え、うそ、５００？　もう５００もつくの……？

「７００出す〜」

「エリスさんが７００！　他にいらっしゃって？」

「７５０出します〜」

「マヨさんが７５０！」

「８００！」

「９００出すぜ」

「ハッゲさんが９００！　まだいらっしゃるかしら！」

９００、９００……!?　イヤリングに、９００……!?　いや、勢いで作ったものなんですけど、なんか申し訳ないような!?

「９００で決まりですわ！　ハッゲさん、リンネさんにお金をお渡しになって？」

「お？　リンネちゃんだったか。ありがとよ、大事に使うぜ」

「あり、がとう、ごじゃましゅ……」

『ハッゲさんから【９０００００シルバー】を受け取りました』

ひょえ〜〜……。勢いで作ったアイテムが、９００かぁ……！

「では次、13番！　【★黒鉄の輪】！」

「こっちは物理耐性10％下がるんか、いや待て!?　物理攻撃15％上昇やと!?」

「空きスロット付きじゃねえか、こっちのほうが欲しかったかもしれねえ」

「さっきのと合わせたら、実質デメリット無しの物理15％上昇だね〜？」

「ひゃ〜これ欲しいよねぇ〜……」

「なんッスか、空きスロアクセが出まくりじゃないッスか!?」

「存在を疑われていたレベルだったのに、よく出ますね……」

「あー呪物師に作ってもらったヤツじゃないこれ!?　こんなの出るんだ……」

「何の死体あわせりゃこうなるのよ……」

「あれって物理ダメ５％アップで掲示板が大騒ぎだったわよね？」

「お静かに!!　５００万スタートですわ!!」

「１０００万出すぜ」

「ハッゲさんが容赦ない１０００万！　続く人は居まして!?」

い、っせん………!?　っというか、ハッゲさんお金持ち過ぎじゃない!?

「１２００～僕もこれは欲しいっ！」

「１３００出すぜ」

「１４００!!」

「１５００だ」

ハッゲさん、ハッゲさん……!?

「ハッゲはアバター売りまくってるからねぇ～……」

「おう。シルバー産出が増えてアバターも高騰してるからな」

「１５００万！　ハッゲさんより出す方～！」

「いやぁ～ワイもこれは欲しい!!　１７００出すで!!」

「レイジさんが１７００万！　他にいらっしゃって!?」

「頼むでぇ……！」

「居ないですわね！　１７００万、レイジさんに決まりですわ！」

「よっしゃ!!　おおきに!!　ほんで誰に払えばええんや!?」

「リンネさんですわね」

「なんやて!?　ええもん出し過ぎちゃうか!?」

『レイジさんから【１７０００００００シルバー】を受け取りました』

「ひゃわわわありがとうございまひゅ……！」

やばばば、倒れちゃいそう。どうしよう、こんなに貰って……!?

「それでは次！　本来はメインの前でしたが14番！　【★殺戮回転・深淵なる黄金の指輪】！　もうカードが刺さっている状態の指輪でしてよ！」

「状態異常５秒追加は痛そうやなぁ」

「どっちも５秒追加、ですか」

「与える状態異常の効果時間も５秒追加、受けるのも５秒追加なぁ」

「でもこれ、マスターがやられたって言ってたシャチのカードじゃないッスか!?」

「あ〜これ、そうじゃない!?」

「そうだねぇ〜……僕がやられたやつ〜」

次、また私のか！　これはさつりくしゃーちのカードが挿さってる、状態異常５秒追加の指輪だね！　カード効果はスクリューアタック使用可能と、最終被ダメージ５％カットっていうやつ。

「全ダメージ５％カット!?」

「あ、本当だ〜カード効果強くな〜い？」

「先程のイヤリングと合わせると、物理は15％耐性を得ることになるのでしょうか」

「どうやろ、10％耐性で引いた後に最終を５％カットするかもしれへんな」

「そうじゃないと耐性系とカット系で揃えたら１００％カットで無敵になっちゃうね！」

「強さがわかったところで、５００万から行きますわよ！」

「ん〜状態異常を与えるスキルがあらへん……」

「俺もねえな……」

「じゃあ～僕が６００で～」

「お昼寝さんが６００万ですわよ！」

いやーこれ、デメリットの方が大きいように感じちゃうよね。状態異常が５秒伸びるのは、流石に辛いよ。幾らダメージ５％カットとか色々あっても、デメリットの方が大きく思えちゃうし。

「他に居ませんの～?」

「お、買えそう……?　まさかの……?」

「６００！　お昼寝さんに決まりですわ！」

「やった～……!!　僕これ、メリットしかないから嬉しいなぁ～!!」

うーん強いカードが挿さってるとは言え、皆デメリットを嫌ったか～！　ん?　え、メリットしかない……?　自分も状態異常が５秒伸びるのが、お昼寝さんにはメリット?　なんでだろ……?

「はい、リンネちゃ～ん」

「あ、そういえば私からって知ってましたね……ありがとうございます」

「んやぁ～あの受け取った時に見ちゃって、その時から欲しくて欲しくて～！」

『**お昼寝大好きから【６０００００シルバー】を受け取りました**』

「安く買っちゃった、ごめんねぇ～?」

「むしろ売れて嬉しいです！」

でもなんでメリットなのか聞くのは、ルール違反だし……！　もやっとするけど、でも欲しい装備が手に入ってお昼寝さん嬉しそうだし！　いっかぁ！

「では急遽、今リストに入った商品。皆様これが見たくて買い渋りましたわね?　アルティメット

レアリティ、黄金の左手!!」

「おおお……!!」

「すげえ。なんだこの性能」

「うわ、うわ、欲しい～……!」

「ブレスレットかと思ったら、左手用の装備なんかい!?」

「本当に名前の通りのスキルがありますのね……」

それで！　さっき黄金のアイツの死体を盾にくっつけたらとんでもないことになった、アルティメットレアリティの装備！　これは凄いよ、自分では使えないのが残念だけど、凄いユニークな性能してるやつ！

【★★★黄金の左手】（極上・アルティメット・左手用補助装備・空きスロット1【〇】）
・【呪】装備を外す際に1000万シルバーを消費する
・右手の格闘装備をコピーする
・スキル【黄金障壁盾】使用可能
・パッシブスキル【黄金の左手】獲得――一度のみ
・空きスロット
――こんな手が、残っていたとはな……by意表を突かれた決闘者
特殊解除・強化不可・装備登録者【――】・重量なし

見た目は金のブレスレット。鑑定鏡で装備の性能を調べたところ、左手で攻撃した時、どん太が持ってる【黄金の右足】のように、クリティカル率とクリティカルダメージが上昇するスキルが獲得出来る。しかも黄金障壁盾っていうスキルも使えて、金色のシールドを発生させられる！　発動は3回までストック可能っていう特殊消費型のスキルで、3分で1回分のシールドが回復するみたい。装備詳細情報で知れたのは、このぐらいかな？　私は使えないから、細かい性能まではわからない。


「では、100万から行きますわね？」

「500万や！」

「レイジさん500万！」

「700万出すッス!!」

「赫さん700万！」

「950～」

「こよこよさん950万ですわ！」

「僕は1400万～」

「お昼寝さんが一気に1400万！　さあ二度と手に入らないかもしれませんわよ！　それに見たことありませんでしょう!?　ミスティッククレアリティ！」

「1600万～」

「エリスさんが1600万ですわよ！　さあまだ居るかしら!?」

「2000万出すよ～？」

「お昼寝さんから2000万が出ましたわ!!」

「おいおいおい……」

「アカン、資金力の暴力や」

「いくら持ってるんッスかぁ～!」

「僕がPKで得た装備はぜーんぶオークション行きだもんね～」

「資金源が強すぎる……」

あ、ぼけーっとしてました。2000万？　2000万って何？　あ、お金のこと？　わぁ……。

もう頭が、ぼひゃーっとしてます……。ちゅいていけないしぇかい……。

うちのメンバーで着けられるとしたら千代ちゃんぐらいなんだけど、体術より剣術剣術！　って人だし、どん太は普通の装備は着けられないみたいだし、おにーちゃんは盾が装備出来なくなっちゃうし、うちで着けられる子誰も居ないんだよね。

「3000万、お昼寝さん！　譲ってくれー!!」

「4000万、ふっはっはっは～」

「いやーそれは無理!!」

「4000万、もう決まりでよろしくって？　4000万!!　お昼寝さんで決まりですわ！」

「やったぁ～！　はい、リンネちゃん！」

『**お昼寝大好きから【40000000シルバー】を受け取りました**』

「ひゃわわわ……ありがとうございますぅ……！」

あー！　あー……！　お昼寝さんに強力な装備が渡ってしまったぁ……！　この性能で4000

万なら、実は安いんじゃない!? ううん、いや4000万ってぶっ飛んでるわ、高いわ！ それにしてもお昼寝さん、幾らお金を持ってるの!?

「お昼寝はさっきのガントレットの収入とアバターの大当たりの収入もあるんやったなぁ……」

「あれ高く売れたなぁ～バニースーツ。3000万だったっけ」

「少なくとも今5000万近くは持ってたか。流石にもうねえだろ」

「どうかなぁ～？」

「それでは最後ですわよ！ はいわたくし500万！」

「は!? 紹介ぐらいせえや！」

「仕方ありませんわねぇ!? はい、最後はこれ！ 【★ウルフカチューシャ】ですわ！」

あ、そういえばこれがメインだった……！ 今までの傾向からして、もう凄い値段付きそうなんだけど、覚悟しておかないと……。今の私の所持金は～……4300万!? もうそんなに、ええ!? えええええ!?

「700出す」

「レーナさんが700ですわ！ はいわたくし900万！」

「それズルいやんなぁ!? ワイも用意してたで、1500や!!」

「1600出す～」

「一瞬で負けたで……!?」

「俺は2000出すぜ」

「絶対ハッゲに被せたくない。2200～」

「エリスさんが2200万ですわよ！」

「高すぎるッス……！」

「動物系の耳アバターはガチャから排出されていませんものね……」

「ヒドゥンすら無い疑惑～」

「ではわたくしが、3000万出しますわ!!」

「じゃあ僕が4500出しちゃおうかなぁ～？」

「はぁ!?　へえ!?」

え――――お昼寝さん、まだ、お金あるんですか……!?　うそ、でしょ……!?

「流石にそんなに金がねえ……」

「エリスちゃんもまさか、お昼寝がまだ4500も持ってるとは思いませんでしたよぉ～……」

「わたくしが5000万出しますわよ！！！」

「ふっふっふ～……5500」

「ええ!?　6000!!」

「6500～。嘘じゃあないよ？　本当に持ってるんだぁ」

ペルちゃ――――お昼寝さ……ほにゅ？　んにゅ、よく言ってることがわかんにゃいです……。

どうしよう、なんでそんなに持ってるのかなぁ～～～……。

「これだけの金が一体どっから……!?　おい、まさか公式の方のオークションで出てた高額アイテム、殆どお昼寝か……？」

「まさかなんッスけど、ひょっとして聖属性の短剣を出したのって、マスターだったりするッスか

……？」

「ヒドゥンアバターのバニースーツがそうなら、もしかしてあの時のクラシックメイド服とか……」

「そうだよ～」

「もしかして、もしかしてなんですけれどね？　億いってらっしゃる……？」

「それはどうかなぁ～？」

お昼寝さん、どんだけガチャ運と宝箱運が、良いんですか……!?　これが、ギルドマスターの運命力なんですか……!?

「あれあれ？　買えちゃう？　買えちゃうのかなぁ～～??」

『**お昼寝が【挑発】を発動しました**』

「こら～スキル発動させないの～」

「うわ。プレイヤーに挑発効くと、お昼寝から目が離せなくなるんだ……」

「これって別方向からそれぞれ挑発を食らったらどうなるんだ？」

「レベル高い方優先～？　もしくは近い方だって～」

「降りますわっ!!　わたくし、今の手持ちで勝てる気がしませんの！　他に６５００以上いらっしゃいますこと!?」

「勝てるわけがない……」

「無理、ですね。それにその可愛らしいのを着ける勇気が……」

「はい！　決まりですわ！　くぅ、欲しかったですわぁ……！」

「やったぁ～！　はい、リンネちゃん!!」

『お昼寝大好きから【6500000シルバー】を受け取りました』

「うわ、ぁ……！　ありがとうございます……!?」

これで、ええっと、億を超えていっぱいシルバー……。幾らなのか数えられない……。こんなに、貰って私……死ぬ？　死なない？　大丈夫……!?

「どう？　どう？　似合う？」

「おお、良いじゃねえか」

え、お昼寝さんが早速お耳生やしてるー!?　ええ、それ、凄く良いですねぇ……!?　すっごく、可愛いです……！

「あ～ん！　わたくしもいつか、可愛らしい動物の耳アバターを……！」

「ペルちゃんはティアラとかのほうが似合うよ」

「はえっ……!?　そ、そうかしら……!?」

「それじゃ、今回のオークションはこれで終わりだよ～。買った人も、買えなかった人も、次は出品したいって人も、ぜひぜひまた次に繋げてね～」

「爆買いしたマスターが耳を揺らして自慢してくる～」

「んっ……いい。可愛い」

「良いもの買えて良かったッス！　次の開催までに、なんかいいものを拾っておかないと！」

「なるほどな～。こりゃ本気で金策しないと～」

「リーダーうみのどーくつ行かないですか!?　ヘイト盾出るらしいですよ!?」

「あ～いいですね～。ちょうど人も集まってますし～」

「では、いい機会ですから、我々と半々でパーティを組みませんか？」

「あ～いいッスねぇ！　皆で行きましょう～！」

「詳しい班分けは道すがら。この時間に昼なのは～……8チャンネルにしましょうか」

「マスターありがとうございましたッス！　また来るッスよ～！」

「またよろしくおねがいします。ありがとうございました、楽しかったです！」

「また～！」

「いってきゃーす！」

「気をつけていってらっしゃあ～い」

解散になった途端、皆一斉にモチベが上がってダンジョンに突撃してっちゃった……。残ってるのは、サブマスとマスターだけになっちゃったね……？

「ハッゲ、たまには狩り行こ～？　うみのどーくつ！」

「おう。行くか」

「ほんまか？　ほなワイも行きたいわ！」

「あ～エリスちゃんは迷ってます、どうしようかなぁ～」

「わたくしは用事がありますわ！　調べたいことがありますの！」

「ん……レベル離れすぎ。キャリーになる、経験値げろまず」

「よ～しエリスちゃんも、うみのどーくつ行こうかなぁ～？　リンネちゃんは～？」

「すみません、用事があって……！　また今度です！」

お～。珍しくハッゲさんが狩りに出るんだ！　お昼寝さん、レイジさん、エリスさんが一緒の4人パーティ！　うみのどーくつダンジョン、お昼寝さん達もシャチ狩りが出来るかな。状態異常使える人がいるといいけど。

「あのシャチ、倒せそうなんだよね～これの性能次第だけどさ？」

「ああ、さっきの黄金の左手か。自信があるのか？」

「ほんま、それ欲しかったわ～」

「じゃ、行ってくるね～？　リンネちゃん、ペルちゃん～また今度遊ぼうね～」

「は、はい！　お気をつけて！」

「いってらっしゃいまし～！」

「て～ら～」

あーさっきの左手装備で行けるのかな……。それにダメージ1族を200削り取る方法とかあるのかな……？　もしかして毒？　アレに効くのかなぁ……。

「あーちゃん……あっ！　リンネさん。それでは早速……」

「どこ、行くの？」

「あ、レーナちゃんも一緒に砂漠に行きますか……？」

「…………うぇええええ…………」

え、すっごい嫌そう。砂漠駄目ですか!?　駄目なんですかぁ!?

「ん、楽しそう。行く」

「楽しくはないかもです……。ちょっと、深刻な状態で……詳しくは後でお話しします！」

『(*´ω｀*)』

「あ…………。気が付かなかった。居たんだ」

『(´；ω；｀)』

ああ、おにーちゃんそういや居たわ……。うん、見事にインテリア状態だったよ、おにーちゃん。潜伏の才能があるよ……。じゃあ、砂漠！　行ってみよっか!!　まずは全員集合をかけようかな、
流石に千代ちゃんとかお腹ぱんぱんになってるでしょ……よし、ステータスに満腹って付いてるね。

ねーさんも今度は……ああ……ああ!?　泥酔!?　嘘でしょ、ローラちゃんも泥酔!?　何やってるの

第三章 一樹之陰

あの人達ー!?　ガッツリお酒飲んじゃったのー!?

「ちょ、ちょっと、もしかして食堂にいるんじゃ……」

「どうしましたの?」

「ねーさんとローラちゃんが、泥酔状態ってなってて……」

「ん、食堂から凄い大声が聞こえる。きっとそう」

「ではわたくしは、どんちゃんとリアちゃんを呼んできますわね?」

「お、おねがい!!」

うわあああやばいいい……!!　絶対一般利用者の迷惑になってるよ、これは早く行かないと!

従者の失態は主人の責任、大惨事になる前にどうにかしないと!!

「いいかぁい!?　よーく見てなぁ!?」

「ん〜ん〜見てる見てるぅ……!」

――――カランカラン……。

「あっはははははは!　転がったぁ〜!!」

「いっひぃぃいいいぃぃ!　すっごぉぉい!　んぐっっ……ぐっ……!!　ぷはぁぁあああ!」

ああ、もうねーさんとローラちゃんは、駄目だ……。箸を転がして笑ってるよ、何も凄くないし、何も面白くないよ……。ねーさんって起こした時に言ってたけど最期の記憶が酒を飲んでた記憶だったはずなんだよね。ああ、きっと酔っ払ってた時に誰かからサクッと殺られたんだろうね……。

「はぁ〜楽しい、楽しいねぇ〜」

「だのぢぃぃぃぃ!!」

ローラちゃんもこの、酒癖の悪さ……！　不死属性だろうがボス属性だろうが伝説の海賊船長だろうが伝説の魔女だろうが、お酒は効くのよ……。効くんだから効く、だって状態異常じゃなくてプラス面のバフ効果の方に入ってるんだもん、【泥酔】の文字が……。まあそうだね。もう夜だもんね、こうやってお酒を飲んで楽しく過ごすってのもあるかぁ……。

「…………ぐぁぁぁ……すぅぅ～……」

「あぁぁぁあぁぁ船長が寝たぁ!!　落ちたぁ～!!　船長が先に船下りたぁ～～～!!　船長が先に下船なんて、解せん!!　あっはははははははは!!」

うわ、さっむ……。

「さっむ」

「寒いですねえ……」

「あっはははは!!　あっ！　あ～…………すぅ～～……ぴぃ～…………」

「叫ぶだけ叫んで寝たし……。嘘でしょ……」

『トルネーダが行動不能になりました。死体安置所・5に自動納棺されました』

『ローレライが行動不能になりました。死体安置所・6に自動納棺されました』

「どん太とリアちゃんは寝ても納棺されないのに……。ああ、この状態から起きても行動不能だから、駄目なのかぁ……」

「実質死亡扱い……？」

「かも、です……」

二人共、飲むだけ飲んで騒ぎに騒ぎまくった挙げ句、泥酔からの行動不能で死体安置所に自動納

棺されちゃったんだけど……。これ、実質死亡扱いみたいなもんかぁ……。これから砂漠に行こうと思ったのに、どーしたもんかなぁ……。

「夜の砂漠、危ない？」

「ん～……。住民がアンデッド化して徘徊してるんです。でも下手に殺したくないっていうか……」

「住民が？　なにそれこわい。でも野良アンデッド、使役出来ない？」

「私が起こしたアンデッドじゃないんで、駄目みたいです」

「んん～……。事情がわからないから、倒せない。砂漠、やめる？」

「いえ、そうもいかないんです。ステラヴェルチェの現状をお話ししましょうか」

「んっ！」

とりあえずどん太達を拾いに行きがてら、レーナちゃんにさっき見たステラヴェルチェの状態を説明しよう。まずは同じく食堂にいる千代ちゃんからかな。とりあえず何がどうしてどうなっているのか、要点だけ説明すれば大体わかるような話だし、あらかた喋っておこう。

「――――で、カシュパが恐らく、大蛇の力を吸収したんじゃないかって」

「ん～……。蛇ってことは、毒耐性必要？　ちょうど毒耐性もある。完璧～」

「あ、装備変えたんですか？」

「買ったの、自由と責任っていう頭装備。白と黒の羽がついた帽子、見た目はダサい」

「自由と責任……わ、見せて貰って良いんですか？」

「オークションの時、皆見られたし……大丈夫」

なるほど、装備を変えたんですね。その頭装備のおかげで一部の状態異常が効かないようになってるんですか。なるほど～強い耐性装備だ～……って、なにこれ!?

【★沈黙を破る・自由と責任＋12】（最上級・レジェンダリー・頭装備・空きスロットなし【●】）
・強化値が＋5以上の時、スタン・混乱をレベル5まで無効化する
・強化値が＋7以上の時、追加で気絶・麻痺・睡眠をレベル5まで無効化する
・強化値が＋10以上の時、追加で毒・呪い・即死をレベル5まで無効化する
・強化値が＋12以上の時、行動不能系の状態異常を全てレベル5まで無効化する
・ダメージカット率0％＋5％
・【おしゃべりほら貝カード】沈黙状態にならない
・【装備保護チケット適用】プレイヤー名【07XB785Y】
——自由を求めるのなら、責任はつきものだ
強化可能・装備登録者【07XB785Y】・重量0・05kg

凍結、石化、気絶、スタン、睡眠、麻痺、更に毒と呪いと即死も無効！　とにかく行動不能、不利になる状態異常は全部無効！　後衛のレーナちゃんの行動が制限されなければ、いつでも有利に攻撃し放題！　いい装備ですね–……！　しかも＋12!!

「これ高そうですねぇ～……」

「頭装備は優秀なのが多い。状態異常より火力上がるの優先って人が一般的」

「あ～そうなんですか。じゃあ、１５００万ぐらいですか？　これ」

「おしい。３７００万」

「全然惜しくないですねぇ!?」

「ふふっ……」

ひょえー３７００万か～……私も欲しかったけど、出品の順番的にお金を持ってないタイミングだったし、どの道買えなかったか～。惜しいなあ～……。

「強化はオークションそっちのけでやってた。最初は＋５だった」

「えっ……。よく＋12になりましたね……!?」

「成功率上昇チケットと、強化失敗時保護チケット、結構無くなった。最後に装備保護チケットも使って、ＰＫされても絶対取られないようにした」

「うわ、うわぁ……！　もう６０００万とか７０００万とかしそうですね……」

「それで買えたら、安いかも」

「ひぇえええ……！！！」

どうしよう、＋12でこれならバビロンちゃんのドレスが＋15なのって相当にその、アレじゃないのこれ……!?　絶対ヤバいよね、口が裂けても装備性能は言わないようにしよう……。＋15とか言ったら大変な妬み僻《ひが》みの嵐になってしまう！

「リンネ殿～……。いつまで此方のお腹をぽんぽんしているのですかぁ～……」

「ちーちゃんが、立ち上がれるまで？」

ところで千代ちゃんを最初に拾うって言ったけど、実はまだ千代ちゃんを拾えてません！　なんせ千代ちゃん食べ過ぎてお腹がぱんぱん！　レーナちゃんと私で千代ちゃんを挟むように座って、2人揃って千代ちゃんのお腹をぽんぽこぽんぽこ叩きながら復活を待っていたのでした。

「ん～……。このぽんぽこ具合、狐じゃなくて狸ですねぇ」

「んなぁ～!?　その呼び方だけは絶対に嫌で御座います！　かくなる上は、ふぬぬぬっ!!」

「え、お腹が一気に凹んでく……！」

「すご、あ。しっぽが燃えてる……」

「燃えてるよ、しっぽが燃えてるよ千代ちゃん!?」

「今、食べたものを燃やしておりますので……！！」

「あ～……燃焼系、燃焼系……」

「妖狐式～……昔の広告映像再現系、流行ってるよね」

「流行ってますよね～シュールで耳に残る系はつい見ちゃうっていうか……」

「結局なんの広告か覚えてないのが欠点」

「それですねぇ……」

「んぅぅぅ……!!　こんっ!!」

「あ、燃やし尽くした」

千代ちゃんが妖狐式強制燃焼をしてくれたので、ぽんぽこ千代ちゃんからスリムな千代ちゃんに戻りました！　いやぁ妖狐すげぇ……。リアルで食べ過ぎた時に誰でもこれが使えたら、この世から太った人居なくなりそうですわ。

「はぁ……はぁ……！　これを、すると、汗が……酷くて……」

「わ、お風呂行くべき」

「お風呂に駆け込んできて千代ちゃん！　その後合流しよう!?　待ってるから！」

「も、申し訳御座いませぬ……行ってまいりまする」

ただ凄い汗の量!?　砂漠で走り回ってる時でさえ汗一つかいてなかったのに、これは物凄く燃焼するんだね、本当に……。しかもかなり辛そうだったし、やっぱりこれが出来たとしてもやろうとする人少ないかも……!?　いや、それでもやるかも……。

『わんっ!!（来ちゃった！）』

「出発ですか？　恐らく極寒の夜ですので、寒さの対策は必須ですよ！」

「戻りましたわ！」

「あら、どん太にリアちゃん！　来ちゃったか、千代ちゃんが汗びっしょりだからお風呂に行ったの。あと、ねーさんとローラちゃんが酔っ払って動けなくなって納棺された……」

「ええ……ずっと飲んでたんですか、もしかして……。飲み過ぎですよ……」

『わうぅぅ～（お酒の臭い、苦手だよ～）』

どん太とリアちゃんの方から来ちゃった。この2人がねーさん達の酒盛りの話を知ってるってことは、本当にだいぶ前からずーっとお酒飲んでたってことだね……。いくら魔神殿を建てた功績があるから無料で良いとは言え、飲み過ぎだよ！

「おんやぁ？　さっき豪快に飲み食いしてた美人2人は、寝たかねぇ？」

「ひっ……」

「あ、クックさん！　こんばんは。寝てしまったのでそれぞれ寝床に連れて行かれました！」

「お酒が余りに余ってたからねぇ、助かった助かった、まだまだあって新しい物の置き場に困ってるからねぇ、また飲んで食って騒いで欲しいよぉ」

こ、この人がクックさん……!?　クックっていうか、くとぅるくとぅるしい見た目をしてらっしゃるんですけどどどどどどど………!?　レーナちゃんが『ひっ……』って言ったっきり動かなくなっちゃったんですけど……!?　行動不能の状態異常は、無効じゃないんですかぁ!!

「それじゃあ、これは下げちゃうねぇ？　今度はお友達も連れて来て、皆で飲み食いして騒いで欲しいなぁ～。またねぇ～……」

「は、はひっ……」

「クックさんは、胃袋の支配者っていう異名をお持ちなんだそうですよ！」

「きゅ、旧支配者ではないのね？　旧支配者のほうじゃないね？」

「え？　た、多分？　えっと、胃袋の支配者なので……今の支配者さんですね！」

「………ふんぐるい、むぐるうなふ、くとぅるう、るるいえ、うがふなぐる、ふたぐん」

「それいじょういけない」

「よよ、よよよ、よよ、呼んでないでで、で、です！！　しゅびばしぇん……！！」

「呼んだぁ～？」

「ひっ……」

「気をつけてねぇ～？」

「気をつけまひゅ!!」

や、やっぱりあのクックさん、絶対くとぅるくとぅるなお方だよ……!?　き、気をつけよう、注意しよう、不用意な発言はしないように……！！

「い、今の詠唱はなんですか……?」

「リアちゃん。今のはね、知らなくて良いの。忘れてね……」

「は、はいっ」

『わん……！（怖かったね……！）』

「………ちょっと今夜、寝られるか心配。夜更かしの可能性」

「私もちょっと……！」

今日はちょっと、寝る時に思い出して上手く寝付けないかもしれないね……?　運営さん、どうして急にこっち側の要素をぶっこんで来てるんですかぁ……!?　構えてない時に来られるのが、一番効くんですからね!?

『(((;゜Д゜)))』

「うわあああああ!?」

『○　|￣|_』

うわあああああああ!!　おにーちゃん急にガタガタしてびっくりさせるなぁあああああ!!　びっくりして頭叩いちゃったごめん！　頭が飛んでっちゃったよ!!

「ただいま戻り――へぶっ!?」

『Σ(ﾟ∀ﾟ;)』

「お、のれぇ……！」

「違う、違うの千代ちゃん！　それは私が悪いの！　おにーちゃんを斬らないであげて!?　ごめんなさい、今のは私が悪かったから!!」

千代ちゃん!?　戻ってきた千代ちゃんに飛んでった頭が当たった!?　どうしてこう、こうもまあ続くのよ！　色々と!!　ごめんね千代ちゃ～ん!!　おにーちゃんもごめーん!!

「そ、それでしたら、仕方ありませぬ……」

『(*´∀`*)』

「と、とにかく！　全員集まったなら寒さ対策をしてからステラヴェルチェに行こう！」

はい……。とりあえず、落ち着きました所で……。ステラヴェルチェに移動すべく、ギルドポータルを開きまして……。あれ、ペルちゃん？

「ペルちゃん、あれ……？　ペルちゃーん……？」

「……ひょわ」

「ぺるぺる、くとぅ……ん、んんっ！　クックさん見てから、ずっと固まってた」

「おおふ……。まあ、なかなか見た目が凄い人だったもんね……」

そっか、クックさんを見てからずっと固まってたか……。まあ、無理もないね……。

そして悲報、ねーさんとローラちゃんが自動復活するまで、残り8時間。どうしても強制復活させたい時はNP全支払いで反魂の儀式をやればいいんだけど、生き返ってちょっと落ち着いて、久しぶりに気持ちよく飲んで飲んで飲みまくったんだから、今日はそっとしておいてあげようか……

それに、２人とも寝起きが悪そうだし。でも毎回これだと困っちゃうから、次からはほどほどにして欲しいわ。

「ん、ギルドポータルの行き先、ステラヴェルチェ？」

「そうです……ここからは、静かにお願いします」

『わうっ……！』

「外に徘徊してるのが、ステラヴェルチェの元住人？」

「そうですね……。でも、若い男性のアンデッドが居ません。恐らく、利用価値が高い者は最低限生かされているのかも……」

さて、第2回ステラヴェルチェ潜入大作戦……。今度は心の整理がある程度ついたし、出来るだけ相手の情報を持ち帰らないと……。何をしているのか、これから何をしようとしているのか、そもそもどこに陣取っているのか、出来る限りすべての情報をね。

「王族の責任は、王族が取ります……」

『わふ……（僕らもついてるよ）』

「ありがとうございます、どん太さん」

「手分けして偵察をしよう。まずは王都の外側、南東にある大穴の様子を探るチーム。そして王宮の内部に侵入して情報を集めるチームで」

「この短期間で、何がどれだけ変わってしまったのか、何が起きているのかの情報が欲しいです」

そうね、大穴の様子も知りたいし、王宮内部の情報も欲しい。でも大勢で動いたら目立つから、手分けするのがいいと思うけど……。

「リンネ、どう動く？」

「出来れば住人NPCのアンデッドは無視したい、聖メルティス教会関係のNPCが居たら殺処分、

暗殺可能なエリアでカシュパを発見したら即撃滅、これでどうですか？」

「んんっ……。流石にそんなところにカシュパが居たら、ローラちゃんとねーちゃん、起こして？　ギルドメンバーも全員強制招集する」

「そうします……」

「今日は新月、しかも曇っていますから、私は上空に飛んでも夜闇に紛れて発見されないと思います。それに、この体になってから夜目が利きますから」

「リアちゃんはあまり王宮に接近しすぎないように、それでお願い。どん太、レーナちゃん、ペルちゃん、千代ちゃんは大穴に。おにーちゃんは、インテリア作戦でどうにか王宮方面に潜入出来ない？　ほら、オークション中のあの空気っぷりを上手く発揮してさ」

『Σ(｀∀´;)!?』

「出来ればやってみて。潜入出来たら、アビスウォーカーでおにーちゃんの影に飛んで、私も内部の状況を見てみるから。これでどうかな？」

『(｀・ω・)b』

「ええ、そのように」

「おーけー。異論ないー」

『わん（わかった）』

「ええ、わかりましたわ」

「リアちゃん、くれぐれも単身突入しないように。もし行ったら、すぐ納棺するからね？」

「は、はい……。大丈夫です、それはしないようにします」

よし、じゃあそれぞれ行動開始しよう。ステラヴェルチェの新月の夜、普通なら暗くてよく見えないけど、私達はアンデッド軍団！　暗い所も結構見える補正が――――多分、掛かってる、と思うんだよね？　結構視界良好な感じがあるし？　じゃあ王都と大穴、出来れば王宮内部の調査！　開始しましょう!!

「よし、おにーちゃん行くよ。出来る限り静かにね」

『**【アビスウォーカー】を発動、フリオニールの影に移動します**』

さてさて、リアちゃんが上空へ飛び立ったのを合図に行動開始。私はおにーちゃんの影から偵察……なんだけど、やっぱり暗いわ。月明かりも星明かりも無い、曇った新月の夜ってこんなに暗いんだね。私達が住む東京は夜でも電気のおかげでビッカビカに明るいから、いくら空が暗くても関係ないけど、こうしてロウソクの光すらない状態だと闇に包まれて普通なら何も見えないいんだね。

『（リアちゃん、何か見える？）』

『（見えます。地上のどん太さん達の様子もはっきりと見えます……でも、大穴には遠くから見えないように不可視の魔術が掛かっているみたいです）』

『（出来る限り住民アンデッドの少ない道へ誘導してあげて）』

『（わかりました。王宮はかなり明るいですから、あの辺りを飛行する時だけは注意します）』

『（絶対に、無茶しちゃ駄目だからね！）』

『（はいっ！　お姉ちゃんも、気をつけて！）』

とりあえず今手に入ってる情報は『王都全体に光がなく暗い』『王宮だけ明るい』『どん太達はアンデッドに反応される』『おにーちゃんだけはアンデッドに反応されない』ってところだね。もう

恐らくこの時点でカシュパは王宮だろうって思うんだけど、まだ確定じゃない。思い込みから思わぬ落とし穴にはまることだってある。しっかりと調査しておかないと。

『レーナちゃん、ペルちゃん、パーティチャット届いてますか？』

『届いてる。どっちに行けば良い？』

『見えていますわ！』

『リアちゃんがどん太か千代ちゃんに指示を出しているはずです。指示に従って同行してください。アンデッドの少ない道になっているはずです』

『わかった。こっちからはリアちゃん、全然見えない』

『わたくしからも見えませんわね』

『見えてたら作戦破綻ですからね……。カシュパに見つかって何か行動を早められたり、隠れられたりしたら困りますし』

『王都外周の壁が見えてきた。アンデッド化したメルティス教会の信徒が居る』

『殺しちゃってくださ〜い』

『んっ』

この国にも聖メルティス教会のＮＰＣはやっぱり居るんだ。でも、アンデッドになってるところを見るにカシュパからは重要・保護しなきゃいけないとは思われてない、と。アンデッドになっても不都合はないから放置してるわけだろうし……。

たしか聖メルティス教会の本殿があるのはルナリエット聖王国のはずだから、そこに万が一この事態が発覚したとしても問題にすらならない、もしくはまさかのそこまで考えが至っていない、と

か？　まさかね。

『フリオニールが【シールドバッシュ】を発動、ステラヴェルチェ王宮兵・ガーダン（Lv．65）に1441ダメージを与えました。【スタン・レベル4】になりました』

あれ!?　おにーちゃんが交戦してるんだけど!?　大丈夫か!?

『フリオニールが【フルパワースマッシュ】閃きました。【フルパワースマッシュ】を発動、ステラヴェルチェ王宮兵・ガーダンに290945ダメージを与えました。【気絶・レベル3】になりました』

『フリオニールが【処刑】を発動、ステラヴェルチェ王宮兵・ガーダンの首を刎ねました』

『（おにーちゃん大丈夫!?）』

『（´・ω・）b』

まあとりあえず大丈夫らしい。見つかっても目撃者を消せばステルス達成だからね……。それより、フルパワースマッシュなんて閃いちゃったのね、おにーちゃん！　強力な攻撃スキルはいくらあっても困らないからね、もっとじゃんじゃん覚えちゃってよね！

『おにーちゃんが交戦した。とりあえず勝って、死体は茂みに隠したっぽい』

『他のに、バレてない？』

『バレて、なさそう。特に動きはないみたい』

『アクティブステルス。目撃者を消せばステルス続行。昔から常識』

『そうですよね。私もそう思います』

『ぺるぺるとちよちよが教会のやつ全部斬った。つよ～い』

『強いですねえ……その先もお気をつけて』

『お～け～。ちなみにぺるぺるは反応する余裕ない』

『了解です』

どん太達が大穴に到着する方が早いかなって思ってたけど、おにーちゃんの潜入の方が早かったわ……。一応、おにーちゃんをいつでも納棺して戻せるように準備だけはしておこう。およ、止まった？ もしかして空気を読んで待機してる？ 偉いぞおにーちゃん……！

『こっちに来る時に大穴見なかったの？ ターラッシュから西に進めば、位置関係的に見れたはず』

『直進したら流砂エリアが酷くて。王都の真東は避けて、南にやや迂回して南門から入ったんです』

『なるほど。流砂、怖いね』

『外に出てからも足場に気をつけてください』

『注意する。ありがと』

後はどん太が流砂のことを忘れて突っ込まなければいいけど……。

『どんちゃ、流れる砂を覚えてるって。ちよちよも覚えてるし、大丈夫そう』

『どん太、賢くなったなぁ～……』

『えらい。それっぽいの、見えてきた』

『じゃあ大穴に到着したらそっちはお願いします。王宮の方、行ってきます！』

『気をつけて～』

大穴の方はレーナちゃん達が無事到着できそうだから、私はおにーちゃんがいる王宮の方に集中しよう。対象の影に入っていれば念話は不要だし、念話によるMPの消費も抑えられるから直接声に出して指示を出そう。

外の景色も影の中からしっかり見える……。さておにーちゃんは、王宮の通路の脇に立ってインテリアのふりをしてたのね。フリオニールが家具のフリヲスール、なんてね。あああああ……ローラちゃんの寒いジョークが感染《うつ》ったなぁ……!!　これを皆が聞いたら『え、さっむ……』とか言ってくるんだろうなぁ!!

『よし、じゃあ慎重に進んでこう。まず知りたいのはカシュパの居場所、この宮殿の戦力、構造も出来れば覚えたいね』

『(´・ω・`)』

とりあえずここは、宮殿の正面から入ってすぐ右に進んだ通路っぽい。さっき倒したのは、入り口に居た見張りの兵士だったのかな。それにしても正面突破とは……。あ〜、反撃が1発もなかったところを見るに、奇襲したのかな。大胆だなぁ……？

『m9(^Д^)』

その指差しエモーション、なんかムカつくねぇ!?　もうちょっとマシなのがあったろうに、わざわざそれを選んでいる辺りこの人ほんっと、なんか愉快っていうか剽軽《ひょうきん》な人だなぁ……。で、そっちには何があるんですかね？　ん、話し声が聞こえる……？

『(σ・∀・)σ』

この部屋ね。それじゃあちょっと聞き耳を立てて、内部の話を聞いてみようか。

「――カシュパお兄様は、この国をどうするつもりなのかしら」

「どうするも何も、見ての通りよ。破壊、破壊、破壊、破壊。逆らう者は死刑。意見したら死刑。気に入らなければ死刑。老いていれば死刑。皆死ぬのよ」

「私、死にたくない……！」

「いずれ、私達の力が必要なくなれば殺されるわ。それに、今日の儀式が失敗したのも私達のせいだと思われている。もし別の方法を見つけ出したら、終わりよ」

「あの子が逃げ出さなければ、こんなことにならなかったのに!! あれが居れば、まだあれに殺させることが出来たかもしれないのに！ 愚弟!! 愚かなディティリッヒのせいで！」

「あれが私達の代わりに選ばれていたら、それこそ私達は不要。あれの人質として使われて、儀式が成功したら全員殺されて終わりよ。どうにもならなかったのよ、あの時カシュパがあの大穴の再採掘現場に行くことを誰も止められなかった時点で……あれは薄々感づいていたでしょうに、見て見ぬふりをしたんだわ。きっとそう」

　ああ、これがリアちゃんの姉2人か。このやつれ具合からして、この調子でずーっと2人で傷の舐め合いみたいな会話をしてるのかな。王族らしい威厳も感じないし、髪もぼっさぼさで、服も粗末で、可哀想って印象を受けるけど～……。今の会話からわかっちゃった。こいつら、リアちゃんに全部責任を擦《なす》り付けて自分たちは悪くないって考えるタイプね。しかもリアちゃんのことを『あれ』呼ばわり、赦せない……!!

　今すぐここで殺してやろうかと思ったけど、こいつらが死んだってわかったら、カシュパは企んでいる計画を急加速させかねない感じだね。儀式に足りないものがあるんじゃないかって話をして

いるけど、なんの儀式をするつもりなんだろう。アビスウォーカーの影から頑張って室内に潜り込めないかな……。お、ギリギリ入れそうだわ！

ん、2人が座ってるところにある紙は……？　もしかしてあれに儀式に関することが記されているのかな？　邪魔だよ、お前らどっかいけ！　どうにか外に注意を向けられないかなぁ～……。カースピアを外に撃ってみるか。

『NP1を消費しました』

――――パリンッ！！

「何の音……？」

「ゾンビ達が此処まで……？」

よーし、なんかよくわからないけど外で何か割れた！　立ち上がった、外を見た！　今だッ！

影から出て、メモ紙をげーっと!!

『【アビスウォーカー】を解除、【魂の書の破片・A】を入手しました』

『【アビスウォーカー】を発動、フリオニールの影に移動しました』

『よし、次に行こう』

『Σ(´∀｀;)』

完璧じゃん。私のスニーキング能力高いじゃない……！　潜入の才能があるかもしれない。どれ、じゃあ次は反対側に向かって――――おっと、誰か来る……ッ！

『(-_-)』

よしよし、おにーちゃんナイス待機。影の中から見た感じでも、これはおにーちゃん完全にイン

テリアですね。よっぽど注意して見ないと『こんなのあったっけ……』ぐらいで通り過ぎるもんね。しかもお誂え向きに、似たような鎧のインテリアがちょいちょいあるのが助かるわー！

「シリカ、メリア！　ターラッシュで出回っていた宝石のネックレスを手に入れた。今度こそ本物だ、これで成功させろ!!」

「カシュパお兄様、まだ、マナが……」

「足りないなら命を削れ！　それともここで今すぐその命、終わらせてやろうか？」

「ひっ……！　や、やります……！」

「今、向かいますから……」

コイツがカシュパかぁ!!　薄紫の髪、紫色の瞳、陰気そうなローブ、蛇をかたどった杖を右手に、左手には蛇が巻き付いてるみたいな痣!!　こいつだ、ここをこんなにした元凶！　今ここでぶっ殺すかぁ!?　いや、仮にもここまで国を滅茶苦茶に出来る程の力はある奴だし、ここに居る戦力はおにーちゃんと私、あるいはねーさんかローラちゃんのどっちかを召喚できるだけ。リアちゃんを呼べばー応来るかもだけど、時間が掛かる。冷静になれ、冷静に機会を待とう――――いいや、待てないね!!　眼の前を通った、こいつを喰らえ!!

『NP1を消費しました』

「んっ……？　げほっげほ……！　なんだ、埃っぽいな……！　くそ、砂埃が王宮にまで入ったか？　ッチ……！」

『生命を喰らう大蛇・カシュパ（Lv．130）にゾンビパウダーは効果がありませんでした。既に不死属性、もしくは死霊系種族です』

は？　不死属性？　こいつ不死属性なの？　もしくは死霊系種族ね？　それにレベル130もあんの？　ほー…………。これは、一番デッカイ情報が得られましたねぇ～……。でも攻撃されたのにも気が付かずにスタスタ歩いて行くとは、レベルに反して色々追いついてない感じですかぁ～？んで、儀式は、2階でやるのね。おっけー、カシュパは王宮……大穴で大きな動きがなければ、こっちに攻め込めば良さそうだわ。

『よし、カシュパがいなくなった。反対側も見に行こう。今なら誰もいないし』

『(｀・ω・)b』

それじゃあ反対側もチェックしに行こう。こっちには何があるのかな～……ん、こっちにも人の気配がある。話し声もするなあ……。

『――を齎《もたら》すために……。世に静寂を齎すために……』

『我らが素晴らしき墓の王に祝福あれ、ですわ』

『貴方……これ以上の無駄な殺生はするなとあれほど……！』

『わたくしが必要だと思ったのですから、これは必要な殺しですわよ』

物騒な話……。墓の王ってカシュパのことかな？　エキドナ様とか大蛇の封印がされてる墓を突っつき回してる王様だし、まあお似合いの名前だね。あれ、なんだか急に静かになっちゃった。

『戻ろうか、特に得られる情報はなさそうだし。ちょっと我慢してね』

『(｀・ω・)b』

『フリオニールを【死体安置所・3】に納棺しました』

『【アビスウォーカー】の潜伏対象を変更、オーレリアの影に移動します』

スムーズな撤退、ヨシッ！　リアちゃんは近くにいるだろうと思ってたから、ささっと飛んじゃった。流石に外にいるはずのどん太達は無理だろうからね。いやぁ楽に出られてよかった。

「あ……。この感覚は、いますね？　お姉ちゃん」

『どど、どうしてバレたんですか……!?』

「あ、本当にいた！　そろそろ来るんじゃないかって、さっきから呟いてました！　本当にいた！」

くっ!?　リアちゃんにやられた!!　このままほうきの後ろにひょいっと出ていって、抱きついて脅かそうと思ったのに!?　あわよくばスキンシップを図ろうと思ったのに……。リアちゃん、肌がもっちもっちだから、ついつい触りたくなるのよね。

「もう王宮内部は良いんですか？」

『こっちはもう大丈夫。ちょっと待ってね、どん太のチームに確認取ってみる』

「はいっ！」

『レーナちゃん、そっちはどんな状況ですか？』

『もう拠点に戻った。大穴を掘ってるのはみんなゾンビ』

『わかりました、こっちも戻ります』

『お～け～』

『【アビスウォーカー】状態を解除します』

「よっとっとリアちゃん、ギルドポータルで戻ろっか」

「あ、全員撤退なんですね。わかりましたっ！」

触れなかったのは残念だけど、相乗りは出来たからヨシ！　どれ、じゃあギルドハウスに帰って情報共有をしようっか。こっちは有益な情報がわんさか手に入ったぞ！　手に入れた情報の共有の為に、絶賛無断借用中のギルドハウスに到着。さあて、全員無事だけど、手に入った情報があまりよろしくないものばっかりだったみたいで暗い雰囲気だわ。おっと、忘れかけてた！

『【死体安置所・３】から【フリオニール】を召喚しました』

「任務ご苦労、おにーちゃん！」

『(*´∀`*)b』

宮殿への潜入ＭＶＰ、おにーちゃんの再召喚を忘れかけてたわ。危ない危ない！

「大穴に連れて行かれた住人は、全員死人と化しておりました」

「アンデッドにして休みなしで掘らせてる。若い男を素体にして、アンデッドを作ったみたい」

『くぅ〜ん……？（休みなしは可哀想だよう……お腹減って動けなくなっちゃうよ……？）』

大穴に連れて行かれた若い男は、体が丈夫だったからか元が強力だったか、そのどちらもなのかわからないけど……王都を彷徨ってる動きの鈍いアンデッドとは異なり、かなり動きが良く力も強そうな個体が多かったらしい。それでも大穴の採掘はまだまだ進んでいない様子だったらしい。

「王宮にいる警備兵や商人は全員カシュパ派の人間で構成されているようです。宮殿の裏手に多くの武装砂上馬車が停まっていて、多脚軍馬も居ました。逆らわずに利益を齎す人間には贅沢な暮らしをさせていたようです」

「胸糞悪い〜撃ちたい〜」

リアちゃんからの情報は、私が確認した以外の宮殿の様子。今思えば住民は虐殺されてるのに、

あの宮殿の警備兵は生身だったからおかしいなとは思ってたけど、自分の利益になる奴は生かしておいたのね。そういえばターラッシュから豪華な宝石の装飾品を手に入れてたみたいだし、ちょいちょいターラッシュを行き来してる奴がいるみたいね。自分は王宮で威張り散らして待っていればいいだけか、良いご身分で御座いますこと。

「こっちは王宮内部に潜入して、シリカ、メリアっていう多分リアちゃんのお姉さんらしき人を発見したよ」

「え、まだ生きてたんですか」

「まだ生きてたよ。こんなメモ書きを持ってた」

「これは……。魂の書ということは、やはり何かの復活を目論んでいるようですわね」

「これ、どうやって手に入れたの?」

「アビスウォーカーで影伝いに部屋に侵入して、上手く注意を逸らしてサササッと」

「泥棒……」

「完璧な泥棒さんですね」

「素晴らしい仕事に御座います!」

『わうぅ〜……(いっぱい走ったからお腹減った……)』

「ほれどん太、ドラゴンドラゴンドラゴンバーガー、あるよ」

『わうぅぅ〜!』

「あっ……」

「千代ちゃんのもあるから……」

「わぁ……！　いただきます！」

　魂の書ってことは、私が修得した反魂の儀式が書いてあるやつだよね。やっぱり復活させたい何者かがいるってこと……間違いなく、エキドナ様が撃退した大蛇だろうね。

　それにしてもどん太はいっぱい走ったからお腹空くのはわかる。凄いわかる。でも千代ちゃんあなたちょっと前までぽんぽこ千代ちゃんでしたよね？　まだ、食べるんですか……？

「それとね、カシュパがインテリア化したおにーちゃんに気がつかなかったので、目の前通った時に攻撃しました」

「はい？」

「え」

『わう？』

「なんと……!?」

「大丈夫だったんですか、お姉ちゃん!?」

『(*´ω｀*)』

「向こうは攻撃されたことすら気がついてなかったよ。レベルは130、本体の属性が不死属性か種族が死霊系、生命を喰らう大蛇・カシュパって名前で表示されたよ」

「生命を喰らう……。住人が生きる屍になっているのは、やはり大蛇の力によるようですね」

「だと思うよ。とりあえず情報はそんなところかな」

「わかりました、心置きなく王宮を燃やせそうですね」

「…………ん？」

「え？」

リアちゃん、今の流れでどうやったら『心置きなく王宮を燃やせる』って結論に辿り着くのかな……!?　一応だけど、お姉さんと生きた人間が結構居るみたいなんだけど!?　まあ確かにカシュパ派しか居ないっぽいけどさ！

「燃やしますけど、駄目ですか？」

「駄目って、いや、うーん……!?　リアちゃんが燃やすって言うんだから、良いか……」

「全部燃やして、全部木端微塵にしましょうっ！　エキドナ様の宝物殿さえ無事なら、上の階には用がありませんから！」

「そ、そっかぁ……！」

リアちゃんがやるって言うんだから、やるかぁ……！　情報の共有的にはこんなもん、かなぁ？色々と気になる所はあるけど、とりあえず全部燃やして全部破壊の全部倒すで結論出ちゃったし、明日にでも滅ぼそうかぁ、ステラヴェルチェの王宮に居る連中をさ。

「明日、殺る？」

「今日はもう0時近いですからね～。レーナちゃん、そろそろ寝る時間ですよね？」

「んっ…………寝たい、かも。頑張って、ねんねする」

「ああ、クックさん……」

「なまえをよんじゃだめ」

「すみません……」

そろそろレーナちゃんが寝るのを頑張る時間みたいだし、私も昨日は寝落ちスタートだし……。

今日はしっかり自分のベッドでお休みしよう。仮想空間内で寝ることに慣れちゃうと、ディープダイバー症候群とかになる可能性があるらしいし、気をつけないと。ギルドハウスに戻るのは、どん太と千代ちゃんが食べ終わったらにしよ――無い!?　え、無い!?

「食べたの……!?」

「ご馳走様で御座いました……！」

『わふ、わふ……（おいしかった、おいしかったぁ……）』

「嘘でしょ……!?」

「妖怪めしすいこみ。胃袋どうなってるの、信じられない」

「急いで食べると、体に悪いですよっ」

『Σ(、∀、;)』

「じゃあ、とりあえずギルドハウスに帰ろうよ……」

　信じられない、どうやったらこれを一瞬で消滅させられるの、本当に信じられない……。クックさんより千代ちゃん達のお腹の中のほうが怖いんだけど……。こわ、戻ろ……。

『エラー：何者かの干渉により、ギルドポータルを展開出来ません』

　え、干渉……？　ギルドポータルを展開出来ないなんてこと、あるの……？　ああ、もしかして誰かがギルドポータルを使ってる間って、他のギルドメンバーは同時に使えなかったりす――

『正体不明が【鮮血の薔薇】を発動、即死！　どん太が首を刎ねられました！　【死体安置所・1】に自動納棺されました』

『アハハハ！　咲いた咲いた、首を刎ねられた真っ赤な薔薇が！』

る……の……どん……太……？

『こそこそと嗅ぎ回る薄汚い賤民風情が、わたくしを彩る薔薇になれることを光栄に思いながら死になさい!!』

敵襲……!?　敵襲、敵だ!!　よくもどん太を……!!

「アイギス!!」

『ペルセウスが【魔盾アイギス】を発動、【ペネトレイト・10】状態になりました』

「リンネ殿、お下がりくださいまし!!」

『お前がリンネ!?　アハハハ!!　アハハハハハハ!!　我らが墓の王が欲する獲物が、自ら口の中に飛び込んできた!!　お前を殺し、あのお方の供物にしてやろう!!』

「はああ!!」

『姫千代が【一刀断鉄】を発動』

『身の程を弁えなさいな、人の形をした畜生風情が!!』

『正体不明が【ブラッディバスター】を発動、攻勢!　【一刀断鉄】を弾き返しました!　姫千代が54440ダメージを受けました。大きく吹き飛ばされました』

「う、ぐっ……！　かはっ……!!」

『姫千代が壁に叩きつけられ、建物が崩壊します!』

『姫千代が34770ダメージを受け、死亡しました。【死体安置所・4】に自動納棺されました』

「千代ちゃん!?」

パワーが、違いすぎる……!!　それにこの声、王宮で最後に聞いた声にそっくり……まさか、あ

の時侵入したのがバレていたの!?　じゃあ、私達はまんまと泳がされていたってこと!?　どうにかこの状況を切り抜ける方法を考えないと、考えないと……!!

「リンネ、逃げて」

『逃がしませんわ!!』

『正体不明が【薔薇の牢獄】を発動、周囲に薔薇の結界が張り巡らされました!』

「わたくしが相手になりますわ!!　たああ!!」

『遅い遅い、遅いですわ!!　それでは猪以下の豚ですわねえ!!』

『正体不明が【鮮血の薔薇】を発動、即死効果を無効化しました。ペルセウスがダメージを無効化しました。ペネトレイト減少・5』

鮮血の薔薇、あのスキルがどん太の首を一撃で……!　速すぎて目で追えなかったけど、ペルちゃんに衝突して止まったおかげで、やっと向こうの武器がなんなのか視認できた。身長を遥かに超える大剣、それを高速で振り下ろすことによって相手を一撃で葬る即死スキルだ!!　一撃しか当たっていないはずなのに、ペネトレイトは一気に5も削れている。恐らく、ペネトレイトに対する破壊スキルみたいなのも持ってる……相性が悪い!

「このっ……!!」

『ペルセウスが【魔細剣・メテオール】を発動、MISS……。対象が存在しません』

『豚が人語を弄するのは、不快ですわ!!　死になさい!!』

『正体不明が【ブラッディレイン】を発動、クリティカル!　ペルセウスが1477750ダメージを受け、死亡しました』

どうしよう、どうすれば、私は……私に出来ることは……！　反魂の儀式で千代ちゃんかどん太を……？　どちらも一撃で負けた、勝算は乏しい……。残っているのは私、リアちゃん、おにーちゃん、レーナちゃんだけ。リアちゃんは黒猫ルナを召喚しているから一撃死はない、でも私とレーナちゃんは一撃で死ぬ……!!　おにーちゃんは恐らく向こうの動きについていけないし……！

『邪魔ですわよ鉄くず!!』

『正体不明が【ブラッディレイン】を発動』

きた、目にも留まらぬ大剣の振り下ろしによる連撃……!!　ターゲットにされたのはおにーちゃん。これに耐えられなければ完全に戦線が崩壊する！　リアちゃんもレーナちゃんも、相手が速すぎて的を絞れてない……。私だってこんな速い相手、当てられる気がしない!!

『パリイ！　フリオニールが【マルチカウンター】を発動、正体不明に９０４５ダメージを与えました』

弾いた!?　あの連撃を、正確に!?　それどころか盾で殴打して、隙まで作った!!

『ぐっ……!?　お、のれ……！　よくもわたくしの肌に、傷を……!!』

『…………』

『０７ＸＢ７８５Ｙが【スナイピングショット】を発動、正体不明に１０４７７７ダメージを与えました』

掠っただけ、でも相手の流れを完璧に崩した！

「焼け死ね《グイ・ゾダス》!!　絶滅しろ《アニエーラ》!!　絶滅焼夷弾《アナイアレーションナパーム》!!」

『オーレリアが【絶滅焼夷弾《アナイアレーションナパーム》】を発動しました』

『クソ、ガキ共が……!!』

この隙、徹底的に詰める!!　大丈夫、私なら……やれる!!

「穿て!!」

『**【カーススピア】を発動、MISS……。対象が存在しません**』

『無能な肉袋が!!　そんなカス魔術、当たらないのよ!!』

レーナちゃんの射線上に入ることを嫌った、おにーちゃんの追撃を受けず、尚且つリアちゃんの魔術を避けるための場所へ動いた。その場所をカーススピアで潰した……必然的にこいつは、私の方に接近してくる。魔術師は接近されたらそれで終わり、そう考えているはず……!!

『くたばれ!!　わたくしを彩る薔薇となれ!!』

接近して、こない……!?　まさか、遠距離攻撃!?　見誤った、接近してくると読んで顔面に拳を叩き込んでやろうと思ってたのに、距離を空けられた……!!　こうなったら私が取れる行動は1つだけ、着弾か発動のどちらが速いかの勝負!!

「阻め、ボーンシールド!!」

『**正体不明が【ブラッディショット】を発動**』

『**【ボーンシールド】を発動、【ブラッディショット】を無効化しました。【ボーンシールド】が解除されました**』

防いだ、だからってどうする……!?　次の手がない、次の手は……カーススピアはどう考えても当てられる距離じゃない。接近してこない相手にはネガティブオーラもゾンビパウダーも意味がない、ボーンシールドはクールタイムに入ってしまったからもう使えない。この状況を打開出来る手

は、次の一手は、どうすれば……!! 何か手はないの!?

『――覚醒スキル【ソウルブレイカー】が発動可能です。従者の魂を犠牲にし、犠牲にした従者の強さに応じて強力な広範囲破壊攻撃が可能です。どん太を破壊することで、正体不明の敵を撃退することが可能です。どん太を破壊しますか?』

は……? 何よ、これ……。こんなのが、私の覚醒スキル……? 直近で死霊爆発ばっかり使ってたから、私にはこれがお似合いの覚醒スキルだって言いたいわけ……? ふざけるな、絶対に使ってやるもんか!! 私はこんな覚醒スキル、使わない!!

『覚醒スキルの使用がキャンセルされました。いつでも発動することが可能です』

「死の眠りより今一度目覚めよ!! どん太!!」

『NPを全て消費し、【どん太】を完全に復活させました。【どん太】を召喚します』

さっきは弱気になっていたから、どん太を信じきれていなかったからこの手が取れなかっただけ! 大丈夫、どん太ならきっとなんとかしてくれる! このメンバーなら、こいつを撃退出来る!

『さっき首を刎ねた畜生か、また首を刎ねて差し上げますわ!!』

『ガウウ!!(今度はやられないぞ!!)』

集中して、あいつはどん太の首を一撃で刎ねることばかり考えているはず。既に鮮血の薔薇は一度見た、高速で接近して頭上からギロチンのように大剣を振り下ろす一撃必殺。踏み切るタイミングを予測して、その瞬間を……!!

「穿て!!」

『**【カーススピア】を発動、MISS……。対象が存在しません**』

『この、肉袋の分際でえええ!!』

崩した!!　向こうのタイミングで攻撃させなかった、まだ届かないであろうタイミングで無駄にジャンプした、なら!!　そこならどん太の間合いだ!!

『**どん太が【ドッペル・魔狼身弾】を発動**』

『**正体不明が【鮮血の薔薇】を発動**』

この瞬間、既視感がある……。確か、レイジさんとの模擬戦で、あの時どん太は……。

『**どん太が【魔狼身弾】をキャンセルしました**』

『**どん太のドッペルが消滅しました**』

『取った!!』

『ガウウウ!!（今度は、僕の番だ!!）』

ドッペルだけが先行し、相手の攻撃は幻影であるドッペルの首を刎ねた。本体であるどん太は無事、次の攻撃の一手を用意しているのは……どん太だ!!

『**どん太が【魔狼身弾】を発動、クリティカル!　正体不明が220890ダメージを受けました**』

『**07XB785Yが【スナイピングショット】を発動、クリティカル!　正体不明が458590ダメージを受けました**』

『ち、くしょう……畜生ガアアアアアアアアア!!』

「焼け死ね《グィ・ゾダス》!!　絶滅しろ《アニエーラ》!!　絶滅焼夷弾《アナイアレーションナパーム》!!」

『オーレリアが【絶滅焼夷弾《アナイアレーションナパーム》】を発動しました』

勝った……!! この一撃、間違いなく当たる!! そうでなくとも致命傷、どうだ!! 私にあんな最低最悪の覚醒スキルを勧めてきた冒険者支援システムよ、見たか!! これが従者を信じた私の掴み取った勝利だ!!

『グランディス!! 掴まりなさい!!』

『くっ!! 次は殺す、必ず!! 必ず殺す!! 必ず!!』

『正体不明が【グレーターテレポーテーション】を発動、グランディスと正体不明が転移しました』

『MISS……。攻撃の対象が存在しません』

逃げ……た……? 逃げ、られた……? あいつ以外に、まだもう1人いたの……? それに、最後……グランディスって……。

『システム：ギルドポータルが使用可能になりました。ペルセウスのペナルティが緩和されました』

「リンネ、ギルドポータル、使える。撤退!」

「……新しいギルドハウスを確保して、すぐに撤退しましょう。相手もすぐには戻ってこられないはず。冷静に、新しい拠点を確保しましょう。皆、移動するよ!」

「う、うん……」

まさか、こんなに早く見つかるなんて……。私達の動向が知られたのは大きな痛手になったけれど、逆に私達も向こうの動向を知ることが出来た。そうか、そうなんだ。グランディスを蘇らせた

のはメルティス教の人間じゃなくて、墓の王を崇拝している奴らだ。あの三下の小物臭がするカシュパがグランディスを飼い慣らしているとは全く思えない。つまり、墓の王はカシュパではない。

最後の最後に大変な情報を得てしまった。私達が追っている相手は、想像以上に強大かもしれない……。戻ってお昼寝さんやバビロン様に知らせなくちゃ。えっと、お昼寝さんは今、何をしているところかな……？　まだうみのどーくつでレベリングをしているところかな……。とにかく新しい拠点を確保しなきゃ。もしもグランディス達に更地にされたらどうしようもないけど。

「この建物にしましょう。小さいけど、かなりしっかりしているように見えます」

「ん、わかった。私は中にアンデッドがいないか、見てくる」

「わかりました」

『わう……わう……？（リアちゃん、大丈夫……？）』

「はい、私は……平気です……」

『（︶・ω・︶）』

大きい建物は壊されやすいリスクがある。小さい建物なら破壊を免れる可能性があるし、利便性が悪くてもこっちのほうがいい。それに地下室もあるみたいだし、最悪地上を更地にされても地下室スタートが出来るはず。ローレイのギルドハウスだって、魔神殿になる前は地下室を選択出来たし。

「リンネ、地下室に何かいる。一緒に来て」

「わかりました。どん太、ここで見張っていてくれる？　リアちゃんとおにーちゃんは私と一緒に地下へ。おにーちゃんには先頭に立って欲しいの。リアちゃんは万が一のために攻撃準備で」

『(´・ω・`)b』

『わう……(早く帰ってきてね……)』

「わかりました、行きましょう」

「よし、頼りにしてるよ」

地下室にアンデッドか、嫌だなぁ……。今更別の建物に変えようなんて言っても遅いし、そもそも変えたとしてもまたアンデッドがいるかもしれないし、ならこの地下室を制圧したほうが……。

あ、リアちゃんに全部燃やして貰えばいいのでは!? いやいや、そんなことをしたら目立ちすぎだし、私みたいに火属性無効のアンデッドだったら完全に悪手になる。やっぱり直接この目で確かめないと、この事態をどうにも出来ないだろうし……いた。いた、けど……。

「寝てる……?」

「ん～……寝てる、みたい……?」

寝てる……の、かな? 小柄な子供に見えるけど、もしかして表を徘徊してるアンデッドが怖くて地下室に隠れてたのかな。

『╲(^o^)╱』

「あ、ええ……。おにーちゃんの魂って松明代わりになるのね……」

「便利機能、凄い。ん……角……?」

「え? あ、本当だ。角が生えてますね。ステラヴェルチェでは角が生えてる子が普通なの?」

「いえ、見たことがありません……」

ええ、じゃあこの子は何者なの? ちょっと不安だけど、寝てるままじゃ何もわからないし……。

よし、意を決して起こそう！　直接聞くのが一番よ!!

「ねえねえ、起きて～？　お～い、起きてよ～。起きろ～」

『【アニメイト・デッド】を発動し、対象アンデッドを復活させました』

「ああ……!?」

ちょちょちょ、ちょっと待って!?　まさか寝てたんじゃなくて、死んでた!?　死んでたのこの子、うわあああ!?　嘘でしょ、起動ワードの『起きろ』に反応しちゃったんだけど!!　ギリギリ叫ぶのを堪えられた私、偉い……。本当にギリギリ抑えられた……。

『実験体Ｈ－１０８４が貴方の従者になりました。名前を――名前は【メルメイヤ】です』

『アラート：メルメイヤが【衰弱】【昏睡】【魔素不安定】状態、非常に危険です』

「し、死んでた……。起こしちゃったけど、危険な状態だって……」

「連れて、帰ろ。ギルドハウス登録と、大至急お昼寝と合流」

「は、はい……！」

大変だ、起こしても万全の状態で復活してくれなかった。とにかく魔神殿に連れて帰って、衰弱とか魔素不安定状態とかを解決してあげないと。ほぼ事故で起こしたとは言え私の責任、ちゃんと面倒を見てあげなきゃ……。早く戻ろう!!

第四章　知略縦横

『レイジが凄いタフなサメさんに66881ダメージを与え、撃破しました。経験値　1　獲得』

「なんやもうタフでもなんでもなくなってもうたなぁ。スキルも要らへんで」

「ん～確かに～。エリスちゃんでも倒せますからね～」

「もう経験値手に入らないぐらいレベル離れたからねぇ～。完全格下なんだから仕方ないさ～」

「ユルセンボンもこのスキレットの影に隠れりゃ、針も全部止められるしな」

リンネちゃんに貰った情報を基に、うみのどーくつダンジョンの深い所まで来たけど、いやぁ～本当にもう雑魚を相手にする理由がないね。全く意味がないってところまで来ちゃったよ、こんなレベリング方法が許されて良いのかなぁ～って一瞬思ったけど、りんねちゃんの言う通り、許されてないならそもそも経験値の設定しないよね～。

「きたぞお昼寝」

「きたか～さつりくしゃ～ち！」

お、きたきた、来たよさつりくしゃーち！　もう全員1体は死体安置所に確保してあるから死体は拾えないけどさ、やっぱ倒した時の経験値と宝箱よ～！　最高だわこのペナルティモンスター!!

ここの存在が一般プレイヤーにバレたとしても、これの出現条件を知らない、倒せないようなら来

る価値薄いよこここは。

『ギュァアアアアアア!!』

「それじゃ、リンネちゃんに教えて貰ったこいつを、リンネちゃんが知らない方法でサクッと殺っちゃいますかぁ～」

「俺らは周囲を警戒しとくぜ。頼んだ」

「ほんま、これの相手はギルマスしか出来へんわ、無理や無理！」

「それじゃ始めよう～情熱のタランテラ！」

『**エリス・マーガレットが【情熱のタランテラ】を発動、【高揚】状態になりました**』

『**ハッゲ（Lv．76）が【高揚】状態になりました**』

『**レイジ（Lv．72）が【高揚】状態になりました**』

全力で走ってると出てくるペナルティモンスター、さつりくしゃーち。攻撃方法は単純だけど鬼のように強い。途轍もないスピードで接近して来て、その巨体の破壊力と回転力が生み出す打撃と斬撃の複合攻撃で、こっちをズタズタにして来るとんでもない凶悪攻撃が持ち味。当たれば即死級のダメージだけど、それはまともに当たったらの話。

「いっくよ～……今だ！」

『**【黄金障壁盾】状態になりました。3秒間全てのダメージを1にし、レベル5までの状態異常を無効化します**』

『**【スクリューアタック】を発動しました**』

『ギュァァアアアアアアアア!!』

『さつりくしゃーち（Lv．99）が【スクリューアタック】を発動しました』

前はそれ、トラウマ級に怖かったんだけどねぇ!!　この金色バリアが手に入ってからは、どうってことないなぁ!!

『相殺!!　さつりくしゃーちの【スクリューアタック】を無効化しました!』

『【黄金障壁盾】が解除されました』

『ギュァアアアア!?』

「くぅ～！　おっしゃ！　今回も貰い、だぁ！」

『【ブリーディングスラッシュ】を発動、さつりくしゃーちが1ダメージを受けました。【重篤な出血・レベル6】状態になりました。【超毒・レベル1】状態になりました』

ひひっ……！　お互いにダメージ1しか与えられないような同格のスキルなら、発動してぶつかり合った時に相殺が発動するんだよ！　この時、お互いにノックバックして無防備になるんだけど、図体がデカいこいつより僕のほうが復帰が早いからね、こっちが先手を貰えるんだなぁ、これが！

そしてこれが成功したなら、後は超毒を塗った武器で殴れば２００しかないＨＰなんてあっという間に消し飛ぶ！　通常の毒は通用しなかったけど、重篤な出血と超毒は通るから、これが炸裂したら終わりさ。

『さつりくしゃーちが超毒により死亡しました。経験値　999999　獲得』

『レベル75に上昇しました。おめでとうございます！』

『ハッゲがレベル77に上昇しました。お祝いしましょう！』

『レイジがレベル73に上昇しました。お祝いしましょう！』

「うおお、相変わらず経験値がすげえな！　うめえ！」

「ハッゲが珍しく興奮してる〜」

「興奮しすぎて頭のイカちゃん茹でんといてな。いやぁレベル60まで苦労してたのがアホみたいや」

「一応赤い奴も出てくるらしいから、気をつけないと〜。こっちは即死ビーム持ちらしいからねぇ」

「なんやそれ!?」

「怖えな。低確率で出るのか？」

「そーそー。それじゃえーっと、7階まで後4匹？　宝箱は……おおお!!　金だ！　初だねー」

「やる〜っ！　エリスちゃんあけた〜い」

「誰が開けても、出てきた時点で決まってるだろ」

「そういう野暮なこと言ったらあかんて！　中身見るまでは何が出てるかわからんやろ、そこがええんや！　お前はなんもわかっとらん!!」

「そーだそーだ！」

「おう、すまねえ……」

いやぁ〜これでレベリングするのに慣れちゃったら、普通のレベリングなんてもう一生やりたくなくなるって〜!!　しかもボスだから宝箱も出るし、今回初の金だし！　もう最高〜!!

「どりゃ〜!!」

「おお、剣か？」

「誰かが使える武器やとええな！」

「そうだねえ～。どれ、拾っちゃお」

『【?·剣】を獲得しました』

『【?·斧】を獲得しました』

『【覇者の証】を獲得しました』

『【金貨袋】５個を獲得しました』

　お？　覇者の証は初めて見た。王者の証は結構出てたけど、これは知らない。絶対上位スキル習得用とかそんなのでしょ、50レベルの時に魔晶石しか要求してきてないけど、もしかして今後更に上ってなるとこれを要求してくる感じ？　あ～４人で１個だから喧嘩だ喧嘩！　これは喧嘩だねぇ！

「覇者の証だって。上位のスキル習得用くさいよね～」

「それは知らねえな、王者の証より上位か？　王者の証なら公式オークションで即決１０００万で出てたから即買ったぜ。王者の証の方はなんでもエリアボスから出たらしいぞ。俺はもう使った」

「ええ、王者の証はもう使った？　覇者はまだなのね～」

「え、何レベルの時に王者使ったの!?」

「75だな。クックさんのとこに弟子入りして間もなくか。覚醒スキルも手に入れたぜ」

「ほえ～……あ？　ワイ以外全員条件達成しとるやんけ！」

「あら本当。レイジ早く75になってよ～」

「なってよぉ～」

「無茶言うなや！　ワイだけ転職遅かったんやから、経験値倍以上にせんと無理や！」

レイジ以外は全員王者の証使えるっていうか、ハッゲはもう使ったんだぁ!?　ぐ～僕も使いたいな。王者は足りてるけど、今後覇者の方も使うだろうしせめて後3個出さないと、かぁ……？　どれ、またダッシュするかな？　この階にもう1体出てくるはずだし。とりあえず黄金障壁盾のストックが回復したし、走ろうかな。

「じゃあ早くレベル上げるために、走ろうっか～」

「おう。早く上げねえとな」

「そういえばハッゲ、レベル上がるの遅すぎない？　もう17体も倒してるのに2しか上がってないの～？」

「75からヤバいな、マジで上がらねえ。しかもこれでまだ上がってる方なんじゃねえか？」

「リンネちゃんは81だよね～？」

「なんだろう、離れている数字は6とかなんだけど、絶望的な差を感じる……」

「さすが、ここの狩りの発見者だな」

「ほえ～半端ないなぁ！」

リンネちゃん、レベル81なんだよね……。絶対覚醒スキルも持ってるし、あのしりょーばくはつとかいう爆破スキルも強いし、リンネちゃん強すぎるんだわ……。

「で、で、出たで!?」

「赤いよ、お昼寝～！」

「お、やべえ！　即死ビーム持ちじゃねえか」

『ギュァアアアアアアアアア!!　ギュァアアアアア!!』

うわ出た!?　鳴き声が警告音っていうか、サイレンみたいな奴だなぁこいつ!?　うわ、口開けながらこっちに来てる、なんか光ってる……。あれがもしかして、リンネちゃんの言ってた【クリムゾンブラスター】ってスキルじゃないかなぁ!?　いやでも、僕が受けるしかないな!?

「へいへ～い、そんなに遠くから吠えてびびってるのかにゃぁ～??」

『【挑発】を発動しました。まっさつしゃーち（Lv．111）が完全に貴方をターゲットにしました!』

『まっさつしゃーち（Lv．111）が【クリムゾンブラスター】を発射しました』

うわ来た、撃ってきた!　3秒以内に終わってよね!?　頼むよ～!!?

『【黄金障壁盾】状態になりました。3秒間全てのダメージを1にし、レベル5までの状態異常を無効化します』

『まっさつしゃーちから合計50ダメージを受けました。即死効果は無効化されました』

「耐えたぁ!!」

「突っ込んでくるで!」

『レイジが【乾坤一擲《けんこんいってき》】状態になりました。次の一撃が強力になります』

「スクリューアタックの予備動作は一緒だ!」

「タランテラ継続で大丈夫!?　え、大丈夫だよねえ!?」

「そのまま踊っといて～!!　いくぞぉっ!!」

耐えた、そしてクールタイムは流石にあるか、突っ込んでくるねぇ!　でもこの予備動作はハッ

ゲの言う通りスクリューアタックの時と同じモーションだわ。なら、相殺狙えるかもしれない。やってみるか～！

『【黄金障壁盾】状態になりました。３秒間全てのダメージを１にし、全ての状態異常を受け付けません』

『【スクリューアタック】を発動しました』

『ギュアアアア!! ギュァアアアア!!』

『まっさつしゃーちが【スクリューアタック】を発動しました』

『相殺！ まっさつしゃーちの【スクリューアタック】を無効化しました！』

『【黄金障壁盾】が解除されました』

『ギュァアアアア！』

よし、相殺出来た！ あ、やば、もうクリムゾンブラスター撃てる系、それ？ チャージしてるよねぇ、そのピカピカしてるやつ!?

「口ん中ぁ弱点やろ!! 光っとるんは弱点やて相場が決まっとるんや!!」

『レイジが【牙突一閃】を発動、Ｗｅａｋ！ まっさつしゃーちに６６４１２７ダメージを与え、撃破しました。経験値 ６６６６６６ 獲得』

『周囲から悍《おぞ》ましい気配が消滅しました……』

『レベル76に上昇しました。おめでとうございます！』

『ハッゲがレベル78に上昇しました。お祝いしましょう！』

『レイジがレベル75に上昇しました。お祝いしましょう！』

『エリス・マーガレットがレベル76に上昇しました。お祝いしましょう！』

お？　おお？　レイジが倒してくれた！　うわあ、経験値凄いなぁ!?　いやぁでもこれ、普通なら初手で全滅もあるわ……。弱点以外ダメージ1だし、知らなければさつりくしゃーちと同じタイプって思い込むよ、これは酷いねぇ……。

「うぉ～!!　75行ったでぇ！」

「行った行った～……この死体、どする?」

「お昼寝、さっきの黒いのと交換したらどうだ?」

「せやな、絶対赤いやつのほうがえらい呪物になるで！」

「じゃ、僕が貰おうっかな～」

『【死体安置所】に【まっさつしゃーち（Lv．111）】を納棺しました』

お～……。いいね、最高最高……。予想以上にレベルが上がったし、想像以上に収入が凄い……。

それに宝箱も、宝石のついた宝箱!!　おーいいねぇ！

「ほな、はよこれ開けてや！」

「あ～け～て～♪」

「おう、お昼寝が開けなきゃならんだろ、これは」

「開けちゃうよ～?　開けちゃうよ～～???　ぱんぱかぱ～ん！！！」

さあさあ御開帳！　この派手な箱の中身はなんじゃろな!?

『【?・本（虹）】を獲得しました』

『【?・本（虹）】を獲得しました』

『【?·本（虹）】を獲得しました』

『【?·本（虹）】を獲得しました』

『【覇者の証】を4個入手しました』

なぁにこれぇ……。いや、本だらけなのはちょっと聞いてないかなぁ～…………。

「本しかないんだけど……あ、覇者の証4個あるから、全員分じゃない？」

「お、均等に分配出来るな。やったぜ、王者もあるもんな」

「賛成～！　にしても本かぁ～……。誰も魔術職いないよ～」

「スキル修得書の可能性もあるやろ。まだ諦めるには早いで！」

「そだね～……じゃあもうこれ以上は装備を持ちきれるか心配だし、ボス直にしちゃう？」

「どうせなら後3匹って言いてえけど、持ちきれねえ可能性が出てきたな……」

「ん～エリスちゃんももう持てませ～ん」

「ほな、ワイが要らん重い手持ちの装備捨てるわ。それで持ちきれるやろ、3匹狩ったろうや！」

「良いのか？　じゃあ後でレイジにいくらか補塡してやんねえとな」

「かまへんかまへん！　前使ってたナマクラとプレート系の防具や、これ捨てれば入るやろ」

「ごめんねレイジ～。おねが～い」

「ありがとレイジ～！」

「むしろ持ってきたんが間違いやったなぁ！　まあ、ダメージ受けるかも知れへん構成やし、心配やったからなぁ」

「仕方ないね～。動き優先の布装備か、防御優先のプレート装備かで使い分けも大事だし」

ん〜とりあえず、残り3匹のシャチも狩ってからボスに行こうか〜……！　それにしてももう皆75超えた、本当にこの狩りは最高だわぁ〜。改めてリンネちゃんにお礼言っておかないとね!!　情報ってのは本当、武器にも財産にもなって最高だぁ〜……。情報共有は大事だねぇ……相殺のシステム、後で教えてあげよーっと……あれ、リンネちゃんから緊急ってタイトルでメッセージが届いてる。これはもしかして、またドデカイイベントを踏んだんじゃないの〜??

●

「いやぁ〜事前情報なしのまっさつしゃーちは絶対死ぬ。アレは酷いわ〜」

「ですよね、アレ酷いですよね……」

ギルドに戻ったらお昼寝さん達がうみのどーくつダンジョンから帰ってきてた。狩りが丁度いいところで終わったのもあったみたいだけど、私が緊急なんてタイトルでメッセージを送ったから帰ってきちゃったのかも……。ちなみに現在時刻は0時を回ってるけど、レーナちゃんはログアウトせずにウトウトしながら頑張って起きてる。本当、ありがとうございます……。

「それで、緊急って何があったのさ?」

「ローレイのメルティス教会、地下霊廟には凶悪な3人の遺体が安置されていたんです」

「それは聞いたことがある話だな」

「ハッゲ、まだ話の途中……ん……」

「眠いなら布団に行って寝るんだぞ?」

「凄く、大事な話。聞いて」

「お、おう……。まあレーナが0時過ぎまでいるんだから、それだけ重大な話なんだろうな……」

お昼寝さんとギルドのサブマスター全員集まったから、早速本題を話そう。バビロン様も信頼できる仲間を集めてクエストを進行しろって言ってたし、話をするべきだよね。

「2人は魔界側が回収しました。トルネーダとローレライの2人です」

「ん？　その言い方だと、もしかして……」

「もう1人は行方不明です。棺は開放されていて、既に復活した後だったようです」

「凶悪って言うたな」

「はい……。その名も、悪虐令嬢グランディス・バートリー。ゴルゴラ王国を血で染め上げ滅ぼした、恐ろしい悪女です……」

「おいおい、そんな奴が野放しになっちまってるのかよ」

「このグランディスと………先程、戦闘になりました」

「なんやて!?　よく無事に帰還しとるな!?」

「無事ではありませんわ……」

「ペルちゃんと千代ちゃんが死亡、どん太が一度死亡しました。おにーちゃん……この鎧の彼ですね。フリオニールが起死回生のカウンターを決め、そこからなんとか押し返すことに成功しました」

さっきまでニコニコしていたお昼寝さん達の顔から表情が消えた。たった1人の相手に壊滅寸前の大打撃を受けたことに、動揺を隠せないらしい。

「メルティス側に、どえらい戦力がついてもうたな……」

「いえ、私はこれをメルティスの戦力だとは考えていません」

「続けてくれ」

「グランディスは私を、墓の王が欲する獲物だと言っていました。供物にしてやると。グランディスが崇拝している相手は間違いなくメルティスではなく、墓の王という人物です」

「墓の王……？　リアちゃんの故郷を支配しているカシュパのことかなぁ？」

「私はそれも違うと思っています。この目で見た感想としては、三下の小物臭がするカシュパがグランディスを配下に出来るとは、全く思えないんです」

「話がややこしくなってきよったな……」

「メルティス教を利用している、裏の第三勢力がいるってことかい？」

「そうです、お昼寝さんの言う通り、私は第三勢力がいると睨んでいます」

私の推測では、メルティス教が腐敗しているのも、その第三勢力が裏で手を回しているからだと……。ただ、どれだけの力を持っていて、どこまでメルティス教を食い物にしているかはわからない。でも間違いなく、グランディスを復活させたのはメルティス教の者ではない。

「グランディスには協力者がいました。強力な転移魔術、グレーターテレポーテーションが使える魔術師です。姿は全く見えませんでしたが、その魔術師が私達の対峙した相手をグランディスと呼び、バビロン様にグランディスの剣技について知りうる情報を確かめたところ……私達が対峙したグランディスと戦闘スタイルが合致しました」

「あと一歩で倒せた。最悪のタイミングで邪魔が入った」

「よし、話を纏めよう。今のリンネちゃんの話はこうだよね――」

私の話をお昼寝さんが纏めてくれた。

まず、私達がローレイのメルティス教会に攻め込んだ時には既にグランディスは復活していて、協力者と共に転移魔術で脱出済みだった。アーチバルが転移で逃げたと言っていた人物は、恐らくステラヴェルチェで対峙したグランディスを回収した人物と同じだと思われる。

グランディスはゴルゴラ王国を滅ぼした悪女で、メルティス教にとって不都合な人物だったと思われる。しかしその亡骸は浄化されずにメルティス教会の地下霊廟に安置されていて、現代に蘇ってしまった。それを復活させたのはメルティス教の大司教アーチバルだが、不都合な人物を蘇らせたのはなぜか？

恐らくアーチバルは転移の魔術が使える魔術師に脅され、嫌々ながら復活させていたのではないか。ノーラノーラが堕天使化したのも、魔術師の協力？　では、この魔術師は何者なのか。

「メルティス教を滅ぼしたい裏切り者だとしても、動きがおかしいねえ……」

「墓の王はリンネちゃんを認識していて、しかも供物として欲しい言うてるんやろ？　ほな敵やがな！　どう足掻いても今更味方でーすは無理やで」

「第三勢力、か……。ありえない話でもねえな」

「そういえば……私達の侵入に気がつく前、世に静寂を齎すためにと祈りを捧げているようでした。我らが素晴らしき墓の王に祝福あれ、とも」

「墓の王、ですか……。図書室にあった本にも、そんな名前はありませんでした」

図書室の本を全部読んでるんじゃないかってぐらい本を読んでるリアちゃんでも、墓の王につい

ては何も知らなかった。カシュパの勢力でもない、メルティス教に属しているわけでもない、しかしメルティス教に巣食って自らの勢力を強化している者がいる……。

「明日にでもステラヴェルチェに乗り込まねば、敵の尻尾を逃してしまうと思うんです」

「でもどうして墓の王は、リンネちゃんを欲しがってるのかな？」

そこなんですよね。私が何か特別なのかと言われると、思いつくのは1つだけ……。

「私のクラスは死霊術師《ネクロマンサー》なんです」

「は？　はぁ!?」

「テイマー系だとは思ってたが、なるほど……」

「え、待って、ネクロマンサーって、死体を操る系のやつ？」

「今ね、僕ね～。全てに納得した気がする～……」

「どん太も、リアちゃんも、千代ちゃんも、このフルアーマーの騎士も、トルネーダ船長も、ローレライちゃんも、全員元々死者です。恐らくトルネーダ船長やローレライちゃんを横取りされたことで、相当に恨まれていると思います。それが目をつけられていた理由なのかなと」

「う、嘘やん……。あんなに可愛いどんちゃんが……。元々死体やなんて……!?」

「まあ今も可愛いから良いんじゃねえ？　というかアンデッドにしては全員自由奔放だな……そこの、騎士さん以外」

『(*´ω｀*)』

「あ、ちなみにフリオニールの中は空洞です」

『＼(^o^)／』

「頭、取れよったぁ!?」

「うっそぉ…………ほわ～…………」

「マジかよ。すげえ、クールだな」

「ひょぇ～……本当にネクロマンサーなんだぁぁ……!?」

ああ、今まで隠し事をしてた後ろめたさみたいなのが、すーっと無くなった。まあでも、最初に暴露してたら大変なことになってただろうからね。今はバレても問題ないぐらい戦力が揃ったから。私と従者でほぼフルパーティ状態だからね、まあ全員揃えばの話なんだけど。

それにしてもおにーちゃん、頭取っただけで大ウケじゃん。良かったねぇ!?

「どんちゃんって、元からあんなに大きい死体だったの？」

「あの子はターラッシュの近くで最初に従者にしたアンデッドですね。元から一回り大きいウルフで、レア種でした」

「あ～なんや、一時期噂になっとったレアウルフや！」

「噂になってたんですね……」

「は～！　もしかしてなんだけど、わかっちゃったよこれい、これの出どころ！　僕の耳、ウルフのレア種から出たでしょ！」

「確か、そうでしたね……！」

「うわぁ、明日から暇さえあれば狩りに行きたい……でも見られたらウルフに何かあるってすぐバレる……どうしよ……ああ、ステラヴェルチェ行かなきゃだったわ」

「アレが進化すると、どんちゃんになるんだぁ！」

「何回進化したらあんなでっかくなるんや……」

「それで、他は？　ここまで来たら全員知りてえぜ！」

おお、ハッゲさんが興奮気味なの初めて見たかも。この人いつも腕組みに仁王立ちで不敵に笑うマッチョマンって印象だったから、こういう反応もするんだーってちょっと新鮮な気分……！　そうそう、なんでカミングアウトしたかって言うと、私が狙われた理由についてと、リアちゃんのことを話しておきたかったからなんだよね。遅かれ早かれなんとなくバレるだろうから、じゃあ今このメンバーが全員集まってる内にと思って。

「ターラッシュの南の森で、謎の白骨死体ってサブクエあったの知ってますか？」

「謎のムービーが挟まるあのクエストですわね！」

「ああ、手がかり全くなくてよくわかんねえやつな」

「数日前からクエスト発生しなくなったって聞いた～。僕のクエスト欄からも消えてたやつ～」

「あ！　その白骨死体、起こした!?」

「そんなら時系列的に、あの時どんちゃんと一緒におったんは、リアちゃんやないかい！」

「そうなんです。リアちゃん、スケルトンから始まって……。肉を付けるのに進化させたらゾンビになったんですけど、使ったのがドラゴンの肉だったのが悪くて火を吐いちゃって喉が焼けて、再度進化させたのがあの時ギルドハウスに来たリアちゃんですね！」

「はぁぇぇぇ～…………。スケルトンの内にギルドハウス来てたら、ネクロマンサーって一発でバレてたやろなぁ」

「近くに異端審問官もウロウロしてたしね～。絶対殺られてたよ～」

「異端者絶対許さないマンみたいなのいっぱいだもんね」

「それで、リアちゃんを起こしてクエスト進んだんだろ？　何がどうなったんだ？」

「あ、それがカミングアウトした本題なんですけど……」

「聞きたい聞きたい！」

「はよ教えてくれや！」

　おおっ……。めっちゃ皆食いついてくる……！　お昼寝さんとエリスさん、いつの間にかさつりくしゃーちのぬいぐるみから降りてテーブル席の方に来てる……！　滅茶苦茶興味津々ですね!?

「リアちゃん、実はステラヴェルチェ王国のお姫様だったんですよ」

「………はあ!?」

「マジかよ」

「今まで散々吸ってたの……。お姫様……!?　ロリっ子でプリンセスで、魔女っ娘……!?　摂取できる栄養素が多すぎる！」

「エリスちょっと黙ってて」

「むぎゅ――」

「そ、それで？」

　あ、エリスさんがお昼寝さんに口を塞がれちゃった……。う、うん。このままだと暴走してそれどころじゃなくなりそうですもんね。

「まずステラヴェルチェって砂漠の国なんですけど、これを建てた初代女王がエキドナっていうお方で下の階にいらっしゃる魔術教官様なんですね」

「ああ、おったなぁ……」

「いたなぁ……」

「ん、いる」

「アレって本当に本人なんだ～」

「そのエキドナさんの魔女の力を継承したのが当時のエキドナさんの末娘で、その末娘さんの末裔がリアちゃんみたいなんです」

「は～。あのぶっ飛んだ魔術にもなんや納得やな」

「なるほどな……」

「ほえ～……」

ここまでの話だと『へ～そうなんだ～』ぐらいにしかならないんだけどね、多分この先の話を聞いたら皆、怒るだろうなぁ～……。

「そんなリアちゃんは幼い頃に母を亡くして、兄姉からは存在を疎まれて、王宮内に居場所がなくなっちゃったんですね。それでせめて自分の身は自分で守れるようにと、魔術を勉強していたんです」

「あんないい子が兄姉から疎まれとったなんて、ほんまそいつら人間か？」

「一応だが、王位継承権を持った妹なんだ。敵には違いねえから仕方ねえかもなぁ。だがなぁ……」

「あ、僕はなんか胸糞悪い展開の予感がしてきましたね」

この時点で兄姉にヘイトが行ってるもん、話を続けたら、更にキレるだろうなぁ。

「そんな生活を数年送ってたある日、リアちゃんがいつも通り過ごしていたら、長兄のカシュパが過去のステラヴェルチェに甚大な被害を齎した、生命を喰らう大蛇なる存在を封じ込めた大蛇の瞳という宝石を手に入れたらしく、その蛇の力でリアちゃんを……」

「ああほんま、もう最悪やな……」

「それで墓の王がカシュパと共にいるってことは、カシュパは力を取り戻したんじゃないのかい？」

「いえ、先程潜入した時には、早く儀式を成功させろと怒っているところでした」

「儀式……大蛇の瞳から力を引き出す儀式か何かかな……」

「これが儀式の内容だと思います。魂の書の破片、恐らく大蛇自体を復活させようとしています」

「もう儀式がなんなのか突き止めちゃってたのね……」

なんか私、『はい完成したものがこちらになりま～す』みたいな、クッキング番組の進行みたいになってない……？　ぽんと重要アイテムを取り出しちゃった気がする……！

「さっき王宮に忍び込んで、盗んできました」

「自分、えらい手癖悪いなぁ!?」

「ステラヴェルチェ王都に辿り着いたのはポータルが使えるようになってたからわかってたが、王宮内部にも入ったのか。中はどんな状態だったんだ？」

「まずステラヴェルチェ王都は住人ＮＰＣ全員がカシュパに生命を奪われて、ほぼ全員がアンデッド化してます。王宮では直近の配下と一部の商人は生かされて豪華な生活を送っているようです。それとリアちゃんの姉２人とカシュパ、それにグランディス達も王宮にいました。カシュパは現在

儀式を成功させるのに躍起になっている。それと大蛇が現れたとされる大穴の奥に力の根源があると推測してなのか、大穴をアンデッド化した住人に掘らせています。リアちゃんは明日王宮を火の海に沈めるそうなので、明日の午後にでも滅ぼしに行こうかなと」

「ワイも行くわ！　絶対おもろいで！」

「姉２人は殺しちまって良いのか？」

「良いそうです。あ、でも出来れば住人ＮＰＣだけは殺さないでおいて欲しいかなぁって」

「ん、了解～。住人は弔ってあげたいもんねぇ」

「そう、ですね」

「俺も行くか。やっぱ狩りは面白え、クックさんの手伝いは午後抜きにさせて貰うか」

「ぷはぁ!!　エリスちゃんも、いきまぁす！」

「僕も行くよ～。ギルドメンバー全員にも周知させておく！　じゃあ明日の予定は、午前中にうみのどーくつダンジョンに行って～、ちょっとのんびりしてから、ステラヴェルチェ殲滅戦だぁ！」

　明日も充実した一日になりそうだなぁ～……。あ、そういえばお昼寝さん達って廃教会の裏ダンジョン知らないか、それも教えちゃお。

「そういえば廃教会の裏ダンジョンなんですけど」

「は？」

「あっ、ネタバレなんですけど、大丈夫ですか……？」

「言って、今すぐに」

「は、はい……」

うお、凄い圧……ッ!!　教えなかったらぶっ殺すぐらいの、圧……ッ!!　ダンジョンの情報は共有しようがルールですもんね、すみません共有が遅れて……!!

「1階でドゲルを倒したら、封じられた教会のクリア報酬を廃棄して裏ダンジョンの『禁じられた聖域』に行けるんです」

「あそこ裏ダンジョンあったんかい……。ドゲルが逃げる前なら、天使とゾンビはガン無視やなぁ」

「今のレベルなら楽勝に無視出来んだろ」

「確かに～！　最初っからバフもりもりでぶっ飛ばせば良いよね～」

「それで、禁じられた聖域の内容!!　僕は知りたいですっ！」

「禁じられた聖域の敵は全部、人間と機械と天使を融合した機械系モンスターで構成されてます。制限時間が20分で、最初は2体だったかな……銃持ちでした。それを抜けると銃持ち2体と剣とハンマー持ちの4体構成、最後は銃持ち5体と四本腕の特殊変異体が1体で、切れ間なく攻撃して来ます」

「なんとか押しきれそうっちゃ押しきれそうか……？」

「制限時間に焦って判断ミスが出そうやなぁ」

「ちなみにレベルがかなり高くて、最低でも75だったはずです。最後はレベル100超えてました」

「ひぇ～……あ、まっさつしゃーちも超えてたね」

「超えてたね～。でも機械系だからHP高そ～」

そういえばさっき教えてもらったんだけど、お昼寝さん達もまっさつしゃーちを倒したらしい！　報酬は虹が4個、全部【ボスカードバインダー】だったんだって！　せーのっで全員開けたら、ゴブリンリーダーとかオークリーダーとかゴブリンキング、そんなのだったらしい……。どれもHPが上がるだけのハズレボスカード感が凄かったたって。

ちなみにお昼寝さんだけ体用の【爆進するマンモスエンペラー】ってカードを引いたらしい。効果は驚きの【常時ハイパーアーマー】と、ノックバックを無効化する神カードを引き当てちゃったらしい。この人の運、本当にぶっ壊れてない？　凄いんですけど。

「最後のボスは2体で、サイボーグ化したドゲルと、機械化して復活したドゲルの恋人ですね。ドゲルの恋人の方が【ガンハザード】っていう凶悪スキル持ちで、クールが物凄く短い一斉射撃スキルを使ってきます。遠距離攻撃と直接攻撃属性の爆撃を交ぜてくるんで、受け切るにはかなり耐久力が要ると思います。ドゲルは基本的に恋人のサポートで、一定ダメージまで無効化するバリアを張ったり、そのバリアを著しく強化したり、ショットガンも持ってましたね。こっちは攻撃が通ればそこまでHP高くなかったんで、バラすのは結構余裕でした」

「恋人の方は、硬いんか？」

「すっごい硬かったです。レーナちゃんが本気で撃ちまくってやっとでした」

「そりゃ硬いなあ……。最大バフまで積んで、覚醒スキルまで撃てばなんとかなりそうやなぁ……」

「そっちはレイジとハッゲの仕事だわ～」

「おう。ぶっちゃけぶった斬り包丁もう要らねえかもしれねえ……まあ、打撃通らない相手用か」

「倒した状態によって、最後の報酬が変わるみたいです。私達はドゲルと恋人を復活させてからぶっ殺すっていうDエンドで終わりました」

「どうやったらそんな外道行為が出来るんや!?」

「おおう……。わざわざアンデッド化して起こして、殺したのか……」

「よっぽどだよそれ、そこまで憎たらしかったかぁ～……」

「ん……無理、リンネの逆鱗に触れた」

あいつら私のことを名状したくない名前で呼んだからね。殺されて当然なんだわ。今度から行くときは速攻でぶっ飛ばして終わりにしよ……。

「撃破条件で変わる報酬、かぁ～。面白いなぁこのゲーム……」

「ほな、明日朝にそれやって、うみのどーくつ行かへんか？」

「いいぜ。明日は仕事がねえからな」

「エリスちゃんもいきまーす。７時？」

「７時なら僕もう寝ないと、眠くて起きられないよぉ～……あ、リンネちゃんは？」

「私はどん太達を連れて行くと７人パーティなので……あ、でもねーさん達は行かないかも」

「じゃあ、ペルセウスと一緒に行く感じか？　レーナはこっちで連れて行くか？」

「レーナちゃんとペルちゃんがどっちの便で行きたいかですかねぇ～」

「そういえば、どんちゃん達が他のパーティに入ることって無理なの？」

え………どん太達の、貸出。死体安置所に入らない可能性があるから、ちょっと怖いなぁ。あ、でも葬儀屋ＮＰＣから死体安置所借りられるんだっけ……？　それに入れて貰えば、なんとか

……。なるかな？　でも怖いなあ……。

「どうでしょう、試したことないんで……。それに死んだ時に私の死体安置所に入るんですけど、別のパーティでも自動納棺が作動するか怪しいんで……」

「ほえ〜ネクロマンサーって死体安置所をそうやって使うんだ、葬儀屋から借りてるの1個じゃ大変じゃない？」

「あ、私10個あるんで」

「10個!?」

「え、ほな、呪物作って貰うのに、カーサはんのところに持ってくのも……」

「えっと、それも自分で出来ますので……」

「え、ずるい」

「それええなぁ……。でもワイは自分で戦う方が好きやからなぁ……」

「俺も向かなそうだな。従者の管理なんて出来る気がしねぇ」

「僕も〜。というか維持費がヤバいよね、冷静に考えて。それにダークマンサーでも触媒が必要なんだからさ、ネクロマンサーなんて触媒！　触媒！　死体維持費！　レベリング！　費用！　費用！　費用！　みたいな感じになりそうじゃない？　普通だと」

「あ〜なりそ〜……どんちゃんと千代ちゃん、よく食べるもんねぇ」

「各従者の装備更新、食費、死んじまったら復活に使う触媒の費用、他にも色々と金がかかりそうだなぁ……」

「アカン、ワイ絶対管理出来ん！　羨ましい思ったんが間違いや、そんなん無理や！」

「実際、装備の更新は結構滞ってますね……自前で呪物を作成してなんとかしてます」

「あのハイリスクハイリターン装備を、全身に!?」

「なんか、別ゲーしてる感が凄い……！」

「いやぁ~リンネちゃんは完全に別ゲーしてるよ、間違いなく……」

「本当に同じメルティスオンラインやってるか？」

「バビロンオンラインやってます……」

「エリスちゃんもそれやりたいです!!」

「僕もそのタイトルのほうがしっくり来るよ最近は」

「だな！」

「ワイもメルティス要素がないなぁとは思っとった！」

だよねだよね、もうメルティスオンラインじゃなくてバビロンオンラインやってるよね！　やっぱアレよ、改名して貰わないといけませんねぇ、バビロンオンラインに……！

「ふわぁ……？　ごきげんよう~……皆様~……」

「あれ、ペルちゃんまさか、寝てた!?」

「ふぇえ……？」

「私でも起きてたのに、ぺるぺる寝てたなんてずるい。お仕置きが必要」

「ばあや、お仕置きは嫌でちゅわ……」

あらやだ、プリンセスペルセウスちゃんが、ロリンセスペルセウスちゃんになっているのだわ。普段見られないレアなペルセウスちゃんにテンションが上がりますことよ？

「……あえ！　皆様、明日教会に行きませんこと!?」

「ねえ、さっきその話してたのよ。2パーティに分かれて行くんだけど、ペルちゃんとレーナちゃん、どっちか私のパーティに入ってダンジョン行く？　朝の7時からの予定なんだけど」

「行きますわ!!　早い者勝ちですわ！　レーナさんとも、一緒に行きたいですけれど……」

「寝てた人が早い者勝ちと言い張る勇気よ……」

「ん、なかなかに横暴。でもそこまで一緒に行きたいなら、私は譲る」

「じゃあレーナは俺達のほうでいいな！」

「ほな大体決まりやな！　ワイはもう寝とくで！　あ、フレ送ってええか!?」

「あ、いいですよっ！」

『レイジからフレンド申請が届きました』

『お昼寝大好きからフレンド申請が届きました』

んんっ!?

『エリス・マーガレットからフレンド申請が届きました』

『ハッゲからフレンド申請が届きました』

皆さん、便乗して送ってきたねぇ!?　よし、全部許可許可許可許可っと……！　わあ、わあああ……！　現実よりお友達が多いよぉ……!!　嬉しいね!!

「ようよ、よろしくおねがいしますっ……！」

「僕も送っちゃった～！　許可してくれてありがと～！」

「やった、リンネちゃんとフレになれたっ！」

「俺もちゃっかり送ったぜ。よろしく！　許可してくれてありがとうな！」

「フレンドが増えて、嬉しいです!!」

「サンキュな！　ほなワイは寝るで、また明日！」

「乙～」

「おう、またな」

「また～」

「お疲れ様でした～」

「御機嫌よう～！　わたくしもショックが大きいので寝ますわ!!　皆様また明日～！」

『レイジがログアウトしました』

『ペルセウスがログアウトしました』

あ、ペルちゃんも落ちちゃった。グランディスに負けたのは確かにショックだったね……。じゃあ私も落ちようか、明日の7時だから……6時ぐらいに起きておけばいいかな？　ねーさんとローラちゃんも、その頃には復活してる、はず……多分ね。

「私も落ちますね。また明日です」

「おう、俺らも寝るぜ」

「エリスちゃんも～またね～」

「いっぱいお喋り出来て楽しかったよ～。またねー僕も今日は落ちて寝よう……」

「あ、お昼寝さん！　保護した子のためにギルドルームの一室を貸してくださってありがとうございました」

「ん～ん～大丈夫だよ～。ところで、容態は大丈夫そう？」

「はい。魔神殿の教官様達に症状を診て貰って、今はお薬を飲んで安静にしてます。一瞬だけ目を覚ました時に、もう安心していいよと伝えたら、そのまま静かに眠っちゃいました」

「そっかそっか、いやぁ～従者がどんどん増えるねえ～……それじゃ、おやすみ～」

「はい、おやすみなさい」

よし、やることはやったし、今日はログアウトしようっと……。アップダウンの激しい一日だったなあ、なんだか凄く疲れちゃった。明日の朝、寝坊なんてことがないように気をつけないと。

『ログアウト処理中です……干渉――――またね、イカれ女～！　マイホームもグランディス達の情報も嬉しいわ♡　ありがとね～♡』

アヅ!!　いい夢見られる!!　気分良く眠れそう!!　いや、眠れるかなぁ!?

閑話　狡兎三窟

「（これだけの大失態、メギド様になんとご報告すれば……）」

オルヴィスは焦っていた。メギドが以前から目を付けていた、輪廻《リンネ》という冒険者がステラヴェルチェの王宮内部にまで侵入していたからだ。

発見したのはつい先程のこと。しかしいつから侵入されていたのか、どれだけの情報が流れたのか、そしてどこへ逃げてしまったのか、それら一切のことはわかっていない。

「畜生……!!　あの女、あの女さえ始末できれば……!!」

グランディスが侵入に気づき追いかけたのも、挙げ句敗北してしまったのもオルヴィスにとって予想外だった。オルヴィスが以前に輪廻を目撃した時よりも遥かに強力になっており、ローレイ西の崖下の洞窟で発見した妖狐まで従者に加わっていたのは計算外だった。ましてや、その妖狐よりも魔狼が強くなっており、輪廻が瞬時に従者を復活させられるということも。何もかもが予想外、想定外、もはやパニック寸前であった。

「メギド様、オルヴィスに御座います……」

「グランディスも共にいるな？　入るがよい」

「失礼致しますわ!!」

扉の向こうにいるメギドから発せられた声は、オルヴィスが想像していたものとは異なり、とても穏やかで優しかった。安堵とともに込み上げてくる、不安。もしやあまりにも愚かな行いをした自分はもう不要だと切り捨てられてしまうのではないかと、そんな不安がオルヴィスの胸の奥に込み上げてくる。それをグッと飲み込み、メギドのいる部屋へと歩を進める。

「この度は……」

「よい、頭を下げるな。これは我の不覚だ」

「そんなことは決して……!!」

「輪廻やその他冒険者がこんなにも早く侵入してくるとは想定していなかった。しかしその可能性を、少しでも考慮して対策を打っておくべきだった。そしてグランディス、お前が輪廻達に勝てなかったのも我が十分に力を与えていなかったのが原因だ。グランディスにもっと力を与えていれば輪廻達を撃退でき、お前が対応に追われてミスを犯すこともなかった。お前達に非はない」

オルヴィスの失敗は自分のせいだとメギドが語る。これにはオルヴィスも困惑し、グランディスもまた困惑していた。自らの力不足を咎められる覚悟をしていたのに、咎められるどころか何も落ち度がないと言われたのだからそれも当然だろう。グランディスも先程までの怒りはどこぞへ消え失せ、オルヴィスと顔を見合わせメギドの言葉を待っていた。

「輪廻達に負けたことは悔恨の極みである。必ず晴らさねばならぬ屈辱的敗北であるが、この悔恨の念を晴らすべきは今ではない。冷静になるのだ……。既に起きた過ちを悔いても過去は変えられぬ。これはカナンで我々が学んだことだ、そうだろう？　オルヴィスよ」

「仰る通りに、御座います。我らが王よ……」

メギドがこれほどまでに冷静でいられたのは、過去の重大な過ちの教訓を得ているからであった。

過去にメギドは一度死んでおり、故郷であるカナン聖王国を失い、オルヴィス以外の配下を失い、かつての栄光を全て失ってしまった。一時の感情、一時の怒りで全てを失ったのだ。

「我らが目的は世界に静寂を齎すこと。輪廻を殺し、その力を我が物とすることではない。故に、必ず輪廻は滅ぼさねばならぬが、それは最優先事項ではない。それに、あちらも侵入したことがバレたとなればやることは決まっているも同然。我の見立てでは、輪廻達は仲間を引き連れ明日にもここへ攻め込んでくるだろう」

「一度態勢を立て直し、再度準備を整えてから攻め込んでくる可能性は……」

「ない。こちらの力の凡《およ》そが知れた、グランディスとお前を数人で相手に出来るとわかった、最大戦力の見当がついた。我ならば間違いなく明日、相手が防衛力を増やさぬ内に攻め滅ぼす。そうしなければ、侵入した時よりも更に戦力が増すのは明白。故に明日であろうな」

「流石は我らが墓の王、わたくしの崇拝するメギド様に御座いますわ!!」

メギドの冷静な分析は当たっていた。輪廻は既に仲間達と連絡を取り合い、明日にもステラヴェルチェへ襲撃を仕掛ける計画を立てていた。もっとも、メギドが分析したような理由ではなく、明日は日曜日だし昼間に皆で遊びに行こうよー程度の考えなのだが、そんなことは誰も知るはずがない。

「故に、ここを――」

「メギド!!　メギド、侵入者が現れたって話は、本当なのか!?」

「ッチ……」

「うむ、先程グランディスが交戦した。事実だ」

今後の行動をオルヴィス達に伝えようとした時、間の悪い男がメギドの部屋へずかずかと入り込んできた。現ステラヴェルチェの国王、カシュパである。グランディスが思わず舌打ちをしたのは、彼女の嫌いなタイプの男が、まさにこのカシュパだったからだ。それが最悪のタイミングで現れたのだから、この舌打ちを我慢出来ないのも仕方のないことだった。

「どうやって気がついた!?」

「グランディスは血の匂いに敏感だ。正門の兵士が血を噴き死んだことで気がついたのだ」

「そうか！　それで、何人だ、撃退したのか!?　いや、勝ったのだからここにいるのか……。そうだな、冷静に考えればそうだな……」

カシュパは焦りのあまり、勝手に勘違いした。グランディスが侵入者を撃退したと思い込み、今は何も問題が起きていないと思うことにしたのだ。

「ああ、撃退したとも。何の問題もなく、完璧にな」

「そ、そうか……！　よかった、まだ俺には時間が必要なんだ」

メギドはカシュパの弱った心を見逃さなかった。人心掌握術はお手の物、ましてやこんな三流の小物のような心の弱い王は、少し甘い言葉をかけてやればすぐに堕ちる。

「しかし、奴らは恐らく斥候だ」

「せ、せっこう……？　斥候とは、なんだ？」

「こちらの動向を探るために差し向けられた雑兵、つまり使い捨ての駒ということだ」

これらは真っ赤な嘘である。輪廻は恐らく最大戦力であり、その戦力が侵入してきていたが撃退

出来ず、お互いに退却する羽目になったというのが事実なのだが、メギドは敢えて嘘をつくことにした。当然自分に都合がいい話の流れへと持っていくためである。

「じゃ、じゃあ、こちらの動向は知られず、何も問題ないってことか！」

「我らが撃退したのは、斥候の一部かもしれぬ。別働隊がいた可能性は否定出来ない」

「そんな、じゃあどうするんだ!?」

「そもそも王宮の警備と防衛はそなたの役目、それをたまたま侵入者を発見して撃退に持ち込んだ我らを責めるのはお門違いというもの。違うかね？」

「それは、そうだが……！」

カシュパとしては非常に痛いところを突かれた。慌てふためく彼の様子を、オルヴィス達は虫けらやゴミを見るかのような目で見ていた。そして尚もメギドは自分に都合の良い話を続ける。

「これは重大な契約違反だ。我々は不死者の労働力を提供してそなたの計画にも協力する。そなたは代わりに我々の安全を確保すべくステラヴェルチェを守る。その契約は先程、破られたということになるな？」

「そう、だが、しかし!!」

「もし斥候が他にもいた場合、何者かは知らぬが近い内にここへ攻め込んでくるだろう。ここは安全ではなくなり、我とそなたの交わした約束が守られることはなくなる。我々にとっては不利な条件が揃ったこの国に留まる必要はなくなってしまったわけだ」

「これまで誰のお陰で安全に過ごせてきたと思ってるんだ!!」

「その台詞を吐くには、いささか期間が短すぎるな。むしろ我が神より賜りし力、その使い方を教

え不死の眠らぬ労働者を作り出す知恵を授けた我のほうが、まだ恩恵をもたらしていると思うがね」

「く、う、ううう……!!」

何も言い返すことが出来なくなったカシュパは黙るしかなかった。八方塞がり、絶体絶命、そう思わせることがメギドの狙いだった。弱った心に最悪の状況、もしもこれらを全て解決出来るような、魔法のような出来事が起きたら人はどうなるだろうか？

「そこまで言うのなら、わかった。我が作り出した上位アンデッド、死霊騎士をここへ残そう」

「死霊騎士!?　その、彼女と戦っても引けを取らない、あの死霊騎士をか!?」

「ああ、それも8体。これだけの戦力ならば、そなたも安心出来るだろう？」

「凄い……。素晴らしい、感謝する！　感謝するぞ、メギド殿!!」

斥候を撃退したとされるグランディス、それに匹敵するほどの強さをもつとされる死霊騎士を8体も与えて貰えるとなれば、先程までの不安など嘘のように消え去る。

死霊騎士は王宮の騎士達の亡骸を複数消費することで誕生するアンデッドで、メギドからすれば簡単に作り出せる安価な兵器も同然。それを知らぬカシュパは小躍りしてしまうほどに歓喜し、メギドへ何度も感謝の言葉を述べる。だが、この一連の流れにオルヴィスは理解が追いつかなかった。これからいったいどうしようとしているのか、全くわからなかったのだ。

「（メギド様、どうするおつもりなのですか……？）」

「（これは輪廻達の真の強さを知るために必要なことだ。そしてこの死霊騎士達は、カシュパの作り出した騎士だったことにする。意味が、わかるか？）」

「……!!」

カシュパが作り出したことにする。メギドから念話で伝えられた言葉でオルヴィスは全てを理解した。これまで何度か使った方法でいくという意味だと。

浮かれているカシュパは、オルヴィスの動向には全く気がついていない。メギドと死霊騎士にばかり気が向いていて、彼女が転移で後ろに回り込んでいることに気がつかなかったのだ。

「う、ああ!? なんだ、何を――」

「邪悪に染まりしそなたの穢れを、我が聖なる心で浄化せん。ピュリフィケーション」

「(グランディスよ、口を閉じているのだ。これよりここを出る)」

「(は、はっ……! 我らが王の仰せのままに……?)」

浄化魔術、ピュリフィケーション。本来は状態異常を浄化する目的に使用する魔術だが、オルヴィスの扱うピュリフィケーションの効果はそれだけではない。頭部に直接この魔術をかけることによって、オルヴィスにとって〝不都合〟と判断された記憶が浄化されるのである。

「(忌まわしくも、我らが王であらせられるメギド様のお名前を何度も何度も呼び捨てたこの男の頭から、我らの記憶を浄化致しました)」

カシュパはこの瞬間、メギドに関する記憶、オルヴィスとグランディスに関する記憶の一切を頭から消されてしまった。何が起きたのかわからない彼は立ち尽くすばかりで、今自分がどういう状態なのか全くわかっていない。

「おお、カシュパ王よ!! 遂に死霊騎士の召喚に成功しましたな!! いやはや、それも8体も!! これはかつてない偉業、なんという素晴らしい力でしょう!!」

「あ……？　あ、ああ……？」

だが、死霊騎士に関する記憶は消されていない。侵入者を容易く排除できるほどの能力、目の前の大剣を持った女性と戦っても引けを取らないほどに強く、王宮に残る兵士の誰よりも強い。そんな騎士が8体も、それも自分が召喚したと目の前の男は言っているのだ。

「王よ、もしや召喚の反動で疲れが出たのではありませんかな？　わたくし達の用意した大量の触媒を用いての一斉召喚、流石の王にも疲労が見えるようです。しかし、これで侵入者に対する準備は万全ですな!!　いやはや、素晴らしいものを見せて頂きましたぞ!!」

「あ、ああ……。ああ、そうだな……。俺は、死霊騎士を、召喚したのか……？」

「あまりの大魔術に、記憶の一部が混濁しておられるようですね……。さぞかしお疲れのご様子、今日のところは自室でお休みになられては如何でしょうか？」

「そう、しよう……。お前達は、ええと……」

「わたくしのようなちんけな商人の名など！　もし覚えていてくださるのであれば、どうぞ今後もゼータ商会をご贔屓に……!!　また近いうちにお会いできることを心より願っておりますぞ！　さあ、カシュパ王はお休みになられるそうだ。帰ろう、アルダ、ベルタ」

「はい、ゼータ様」

「仰せのままに、ゼータ様……ふふふっ……」

「（お前達、そのカシュパという男の命令に絶対服従するように。ただし、我らに害をなす命令は無視せよ。そして我の命令が最優先である。理解したならば行け）」

記憶が混濁しているのは、死霊騎士を8体も召喚したことによる反動が原因。目の前の怪しげな

男女はゼータ商会の者で、彼らは死霊騎士召喚のための触媒を届けてくれたらしい。そして召喚は成功し、現に死霊騎士が8体も自分に従っている。何もおかしな点はない。

カシュパがぼーっとしている間に、メギドは次なる行動へと打って出る。オルヴィスが連れてきた研究者、セリョーガを回収しなければならなかったからだ。

「……セリョーガ、いるな？」

「おお、我らが王よ！　このステルス装置を見破るとは、いやはや」

「お世辞はよい。ここでの実験は中止、実験体は全て死霊騎士へと変える。証拠は一切残すな、すぐにここを立ち去る。理解できたなら行動に移せ」

セリョーガの行っている研究、それは『人体に他種族、特にモンスターの力を植え付け、より強力な兵器を作り出すこと』である。いわゆる『キマイラウイルス』の人体実験、その実験はカシュパにも許可を取らず、秘密裏に行われていた。

この実験体が残っていては後に不都合となる可能性が高い。故に、証拠を一切残さずステラヴェルチェを離れる必要があったのだが……。

「……1匹、逃げられて御座います」

「なんだと？」

「メギド様、申し訳御座いません。私達が侵入者に気が付き持ち場を離れた時、実験体の1体がセリョーガの隙を見て脱走を……」

「非常に衰弱していた実験体に御座います。全力で走れば、10分ももたず死に至るでしょうな。それに魔素も不安定、いくらその輪廻なる小娘が凄まじい復活能力を持っているとはいえ、死亡して

5分もすれば死体は跡形もなく木っ端微塵になるでしょう……きっひっひ……。心配には及びませぬぞ。更にこれだけのアンデッドが犇《ひし》めく王宮の外を、衰弱した実験体が無事に抜けるなど……」

　侵入者に気がついたグランディスが飛び出し、警報に驚いたセリョーガの隙を突いて実験体が1人逃げ出したのである。本来出口はオルヴィス達の部屋に繋がっており、どうやっても逃走は不可能のはずであった。しかし、グランディスの敗北が濃厚な気配を悟ったオルヴィスも部屋を飛び出していて、まさかの見張り不在の瞬間が存在していたのだ。

　実験体はこの隙に王宮を飛び出して逃げた。しかし酷く衰弱しており、セリョーガの見立てでは全力疾走すればものの数分で動けなくなり、死亡すれば5分ほどで肉体が木っ端微塵に吹き飛ぶ。全く問題ないと口にしているが、メギドの脳内では別の考えが浮かんでいた。

「……死亡するまで、もしくは死亡してから5分以内に、輪廻がその実験体と接触し、魔素を安定させて従者として引き入れる確率は？　どうだ、その衰弱した実験体にそれが可能か？」

「不可能ですな。不可能だと、私は思います」

「思います、だと？　確実にそうだと言い切れるか？」

「メギド様……。人はくしゃみをした時に極稀に心の臓が止まるそうですぞ」

「そのレベルの心配をしていると言いたいのか？」

「左様に御座います。そのレベルの心配ですな」

　この実験体がもしも、輪廻に接触して……挙げ句、従者として迎え入れられて不安定な魔素も安定させられてしまったら。非常に低い確率、極々低確率、天文学的数字なのかもしれない。それでも、その確率はゼロではない。だが、『ゼロに等しいことを心配するようでは、なんと器の小さい

お方か』と遠回しに言われては、メギドも返す言葉がなかった。

「わかった……。以後、二度とこのようなことがないよう、再発を防止する必要がある。最後の砦はオルヴィスから変更、あまりにもオルヴィスに負担が集中しすぎている」

「万が一のために、死霊騎士よりも強いアンデッドを作れませぬかなぁ？」

「それならば適任がいる。我が二度目の命を得て最初に作り出した死霊騎士、これは別格だ。グランディスと同格の死霊騎士とは此奴のことよ。他は相手にもならぬ」

「あの騎士ならば、間違いありませんわねぇ。では、まずは私は実験室を片付けに……」

メギドがカシュパについていた嘘がもう1つ。残した死霊騎士がグランディスに匹敵する強さというのは嘘である。見た目こそ同じだが、明らかに力量が上の死霊騎士が1体だけ存在しているのだ。これはターラッシュの森で最初に作り出した死霊騎士で、他の死霊騎士よりも格段に強い。カシュパが記憶している死霊騎士の強さはこの個体のもので、すっかり騙されて偽物の安心感を植え付けられているのだが、もはやこの真実を知る方法は存在していない。

「セリョーガが処分を終わり次第この国を出る。オルヴィスよ、砂上船を出す準備を進めておけ。グランディスは輪廻が大胆にも再度侵入してくる可能性を考慮し監視せよ。ネズミ一匹入れるな」

「はっ！」

「御意に御座いますわ、我らが王よ」

既に相手は眠っており明日に備えているとは知らず、見えない相手の影を警戒し続ける。この状態をいつまでも続けなければならないのは、秘密裏に動いているメギド達にとって足かせであり、ステラヴェルチェにいるメリットが全くなくなってしまった。

砂の上を高速で走行可能な砂上船をこんな深夜に出すのは、本来ならば非常に危険な行為である。しかし、メギド達はアンデッド特有の能力で闇を見通す力があり、砂上船を引く六足軍馬もアンデッド化しているので、夜でも問題なく走り続けることが出来る。

「メギド様、砂上船でどちらに向かわれるのですか……？」

「我らが故郷だ。ステラヴェルチェの民を使って作り上げた新たなる死の軍団、それにセリョーガの作り出した実験体達を率いて、今こそ我らのカナンを取り戻すのだ」

「遂に……！　すぐに、準備を進めます」

「世界に静寂を齎すために」

「世界に静寂を齎すために！」

向かう先は聖王国カナン跡地、強い怨念によりアンデッド化した兵士や国民、流れ者の死体、モンスター達の死体が蠢く不浄の地。かつて傲慢と油断により他国に滅ぼされた、メギド達の故郷。

『シシシ……』

「ん……？」

突如としてメギドの耳に不快な笑い声のような、囁き声に似た異様な音が届く。音の正体を確かめるべく辺りを見回しても誰もおらず、気のせいかとその場を後にする。

しかしそれは気のせいなどではなかった。不快な笑い声の正体はメギド達の全てを見ていた。静かに、音もなく、邪悪な瞳が闇より覗いていた。

『そうかそうか、遂に明日か。さあやってこい、ここにこい。俺に食われるために、俺を満たすために、自らその身を捧げに。数百年味わった屈辱、遂に晴らす時がきた……シシシ……』

不気味な声は闇の中へと消えていく。数百年間溜め込んだ憎悪とともに、待ちきれぬ明日を、夢にまで見た瞬間を思い描きながら。

砂漠の国、ステラヴェルチェ。遥か昔より欲望と謀略が渦巻くこの地の因縁は、遂に明日終焉を迎えようとしている。最後に笑うのは魔の者達か、それとも蛇か……。賽の出目は天の女神にも、地の女神にも、誰にもわからない……。

閑話　虎視眈々

「う……。う……？」

見覚えのない天井だった。でも間違いなく、最悪の天井ではなかった。

『わう？　わんっ!!（あれ、起きた？　ご主人、起きたよ!!）』

一瞬、理解が追いつかなかった。大きな、と称するには大きすぎる犬が、元気よく吠えたと思ったら喋り始めた。遂に頭をやられてしまったのかと不安になったが、周りの反応を見るにどうやらこれは普通のことらしい。誰一人驚く様子はなく、当然のことのように受け流している。

「おーおー目が覚めたのね、よかったよかった。ねえねえ、言葉はわかる？」

「わ……か、い、ま……す……」

更に驚いたのは、声が全く出なかったこと。頑張って喋ろうとしても口が思ったように動かず、ぽつりぽつりと言葉が出てくるだけ。不安で頭がいっぱいになってパニックになりそうになったけど、声をかけてくれた女の人が頭を撫でてくれて……。

「大丈夫よ、無理に喋ろうとしないで」

不思議と、それだけのことで落ち着いた。頭を撫でてもらったのなんて、いつぶりだろう。父と母は幼い頃にメイヤ達のことを捨てた。やっぱり邪魔になったからって、それだけの理由で。

孤児院にはそんな子達ばっかりが暮らしていた。親の愛を知らず、まともな暮らしをしたことがない底辺達の掃き溜め。それでも、院長だけはメイヤ達を見捨てたりせず、仕事を与え、寝床を与え、ご飯を与えてくれた。仕事が上手くいった時は褒めてくれたし、悪いことをすれば叱ってくれた。そのたびにメイヤ達の頭を撫でてくれた。あの手も、こんな温かい手だった……。

「まだ体調が悪そうね、ゆっくりでいいからね」

どうしてこの人はメイヤに良くしてくれるのだろう。メイヤのことを利用しようとしている悪い人の目じゃないし、むしろ院長のような優しい目。でも、なんだかメイヤ達に似ている悲しい目。親の愛を知らない、それでも愛を知ろうとしている苦しそうな目。

「お腹は空いてない？　体が弱ってる子でも食べられるものをね、作って貰ったんだけど」

メイヤが返事をする前に、お腹のほうが先に鳴ってしまった。あまりにも恥ずかしくて毛布を頭から被ろうとしたけど、体が上手く動かない。体中が今にも引き千切れそうなほどに痛い。それでもこの人に頭を撫でて貰うと、温かくて、気持ちよくなる。

「口、開けられるかな？　ちょっと熱いかな？　リアちゃん！　これぐらいで大丈夫だと思う？」

「え、どうして私に聞くんですか!?」

「だってリアちゃん猫舌だし……」

「し、知ってたんですか!?　バレてないと思ったのに!!」

「それで、どう？　大丈夫そう？」

「え～……。うーん、人肌ぐらいですし、大丈夫だと思います」

「よし、はい！　あ～んして、あ～ん」

「あ、あ……」

口に運ばれてきた得体の知れないドロドロとした食べ物を一口食べた瞬間、メイヤの中で何かが壊れた気がした。急に感情の制御が利かなくなって、堪えていたものが全部出てきてしまって、いっぱいになった水瓶の底が抜けるような感覚。

「え……あ……あ……」

「あーお姉ちゃんが泣かせたー！」

「ええ、これは違うって！　違うの！　ああごめんね、もっと欲しいよね！」

それからはもう夢中になって食べ続けた。美味しくて、温かくて、苦しくて悲しくて切なくて、嬉しかった。こんなに大声で泣いたのはいつ以来だろうか、ずっと我慢してきたものがガラガラと崩れて、他人の迷惑も考えずに泣き続けた。

冷静になることが出来たのは、持ってきて貰った食べ物を全て食べ尽くした時だった。目一杯泣いて、お腹が満たされて、ようやく落ち着くことが出来た。そしてその瞬間に気がついた……こんなに良くして貰ったのに、メイヤはこの人の名前すら知らない。ありがとうすら言っていない。

「あ、り……が……と……ござ……」

「いいのいいの、メルメイヤちゃんが早く元気になってくれれば、それで！」

戦慄。どうして、メイヤの名前を知っているの……？　先程まで感謝の気持ちでいっぱいだったのに、突然恐怖が押し寄せてきた。名前を知られているということは、あいつらの……仲間……？

だとしたら、今のは、メイヤを処分する前の……最後の、晩餐……？

「お姉ちゃん、めーちゃんはまだお名前を教えてないんですから、突然名前を呼んだらびっくりし

ちゃいますよ？　ごめんなさい、デリカシーのないお姉ちゃんで」

「あ、そうだった！　ごめんごめん！　私はね、リンネ。死霊術師《ネクロマンサー》よ！　死んでしまった人を蘇らせ、生前の無念を晴らすー!!　なんて、正義ぶったことをしてるわけじゃないんだけど……。まあ、たまたま巡り合った子達と一緒に、世界を冒険して回っているのよ」

ネクロ、マンサー……？　死んでしまった人を、蘇らせて……？　じゃあ、そんな人に面倒を見て貰ってる、メイヤは……あの日、逃げ出したあの夜、死ん……だ……？

「受け入れがたい現実かもしれない。でもね、貴女は小さな建物の地下で死んでしまっていたの……。それをたまたま私達が見つけて、蘇らせてここへ運び込んだのよ」

「あ、の……。でも、メイヤは、だって……」

「大丈夫！　見なさい、私を！　実は私も何回か死んだことがあるけど、ピンピンしてるでしょ！　死ぬことは終わりじゃない、そして悲観するようなことでもない！　死んでもまだやり直しが可能なら、それは終わりじゃないのよ！　死して尚、前に進もうとする心！　魂があれば！　それは本当の死じゃないの。メルメイヤちゃんは戻ってきた、魂がここにある。後は前に進もうとする意思よ！」

死して尚、前に進もうとする魂……。それが本当なら、この人は怪物だと思う。人は普通、死を恐れて立ち止まるものだって、院長は言っていた。それを恐れず前に進み続け、こんなにも温かくて、こんなにも輝いている……。

「メルメイヤちゃんだって」

「めーちゃんでよくないですか？　ね、めーちゃん！」

「え、あ……は、はい……」

「じゃ、じゃあ、めーちゃん！　めーちゃんだって、死を恐れず何かに立ち向かった結果、あの場所に辿り着いたんじゃないの？　それこそが、前に進もうとする意思だよ！」

メイヤにも、この人と同じ魂が……？　そうだ、そうだ……!!　孤児院の皆は……!!

「こじ、いん、みんな……」

「私が必ず救ってみせる。今は、耐えて……ごめんなさい」

リンネと名乗るネクロマンサーの目は、嘘をついていない強い人の目だった。今まで何度も騙されて、何度も何度も痛い目に遭ってきたからわかる。この人は嘘をついていない。あのセリョーガやオルヴィスとは違う、メイヤを騙そうとしていない……セリョーガ……？　オル、ヴィス……？

「セ、リョーガ……オル、ヴィス……」

「それは、お友達の名前？」

「ち、がい、ます……。メイヤ、を、みんなを、酷い目に、遭わせた……！　げほっげほ！」

「落ち着いて、よしよしよしよし……そっか、そいつらが、そうなんだね」

「は、い……」

そうだ、あいつらが!!　あいつらがメイヤ達を、みんなを、苦しい……!!

「グランディスという名前は、聞いたことがある？」

「はい……はい……!!　一緒に、いた……!!」

「よし、わかった……」

「グランディス、は!!　美味そうな、血だって言って、メイヤの友達、みんな、みんな……!!」

「………赦せないね」

あいつらが赦せない!!　赦せない、あいつらの崇拝している王も、墓の王も!!

「墓の、王……!!　赦せない、赦さない……!!」

「墓の王の名前は、わかる?　誰かに聞いた?」

「わから、ない……。でも、国王のこと、じゃない……!!　もっと、邪悪……げほ、げほっ!!」

「ありがとう、ありがとう……!　ゆっくり、ゆっくり休んで……」

「い、え……!!　メイヤも、戦い、ます……!!」

この人達は墓の王を、あいつらを間違いなく追ってる。この人達についていけば、間違いなくあいつらに辿り着ける!!　誰かを殺したことなんて一度もないけど、必ずこの手で!!　必ず、復讐を……あいつらの息の根を!!　魂を、この世から抹消してやる!!

「めーちゃん」

「………!!」

「生半可な覚悟で、戦うなんて口にしたわけではないと、私に証明出来る?」

——怖い。さっきまで、あんなに優しかった人と、同じ目なの……?　それでも、でも!!

メイヤも、戦います……!　絶対、絶対に、どれだけ辛い戦いになったとしても、必ず!!

「やり、ます……。どれだけ、辛い、戦いになったとしても……!」

「その覚悟が嘘ではないことを、これから証明して貰うよ。よし、リアちゃん!　プランB、スパルタコースだ!!　アイテム回収用のカバン、それと大量のヘルスポーション持ってきて!」

「はーい!!　めーちゃん、お姉ちゃんはちょっと頭のネジが吹っ飛んでますから、覚悟してくださ

いね！　どん太さーん、お荷物を運ぶの手伝ってくださーい!!」

『わうーん!!（いいよー!!）』

あ、えっと、カバンと、ポーション……ですか……？　それは、どういう……？

「まずはその体、内部も外部もボロボロなんだけど、レベルを上げれば肉体が追いつくだろうって見立ての人が多かったのね。そこで、まずは私と模擬戦闘をして貰います。あ、魔術師だからって甘く見ないでね？　ある程度はやりあえると思うから」

「お、お手柔らかに……」

「戦場で相手にも同じことを言うの？」

「ひっ……!?　い、言いません！　よろしく、おねがいします……!!」

リアちゃんと呼ばれる女の子は、リンネさんは……いえ、リンネ様の頭のネジは吹っ飛んでいると言っていました。その理由を知ることとなるのには、それほど時間はかかりませんでした。

「――へぶぅ……」

「弓はダメね、長剣も槍も斧もしっくり来ない。小柄な体型を活かすには、短剣のほうが良いんじゃないかしら。もうレベル22か、従者も模擬戦闘で経験値が貰えるけど、そろそろ上限かな？」

「た、短剣、お、お願いしましゅ……」

「はい、ヘルスポーションですよ！　めーちゃん、頑張ってください！」

痛くて引き千切れそうだった手足は文字通り引き千切れ、絶命する度に復活を繰り返し、そんなことを繰り返している内に、痛みや死に対する恐怖が薄れていきました。模擬戦闘の後半からは動き続ければ辛うじて回避は出来るようになり、短剣を使うようになってからは、戦闘技術の向上に

確かな手応えを得られるようになりました。ようやくリンネ様の頰を短剣が掠めた時は、思わずガッツポーズをしてしまったほどです。ちなみにその後、足元から突き出てきた槍に貫かれて心臓が止まりました。

「模擬戦闘中、短剣による攻撃よりも、砂を握りしめて投げつけるとかの機転の利いた妨害系のほうが上手かったね。お昼寝さん……あー、私のギルドのマスターなんだけどね？　その人に聞いたら、錬金術師のアルスさんに弟子入りして、毒や薬の調合技術を学んだらどうかって」

「毒や、薬……ですか……？」

「そう。状態異常型のアサシン、こんなのやってる人誰もいないけど……私は、見込みがあると思う！　よし、まずはダメ元で行ってみよう!!」

「ええ、えええええ……!?」

模擬戦闘が終わった後、休む暇なく次に向かったのは錬金術師のアルスさん……いえ、アルス師匠のところですね。師匠のところでは毒で麻痺する感覚や、体の組織が壊れて死ぬ感覚を何度か味わったのですが、リンネ様に四肢をバラされるほうが痛かったので耐えることが出来ました。

毒の味や臭いも様々で、一通り味わった後に『どの毒が一番怖いか』と聞かれたので、正直に『水だと思って飲んだら、耐え難い激痛とともに死ぬような毒』と答えたら、何故か物凄く気に入られてしまいました。その結果、まずは初心者でも作りやすい毒からということで、いくつかの毒草の組み合わせによる、即効性のある猛毒ポーションの作り方を教わりました。

『いやぁ、その子は見どころがあるよ。絶対凄い薬が作れるようになる！　またおいで～！』

「は、はい、師匠。また来ます……」

「気に入られてよかったね！　よし、それじゃあ……食堂に行こうか」

そして遂に、ああやっと休憩だと安堵したのも束の間。私の目の前に飛び込んできたのは、およそ現実のものとは思えない光景でした。

「む、むっ……むっ？　リンネ殿!!　その御方が、昨晩の……」

「そう、メルメイヤちゃんっていうの。めーちゃん、この人は姫千代ちゃん。千代ちゃんって呼んであげてね。昨日負けたのがよっぽど悔しかったのか、ドカ食いと筋トレを繰り返して全盛期の肉体を取り戻そうとしてるのよ。かれこれ4セット目？」

「はい!!　腕立て腹筋背筋、足腰の鍛錬を千回!!　これで4回目に御座います!!」

ドンタクンさんぐらいの体積はあるのではないかという量のお肉、お肉、お肉。それが姫千代さんのお腹の中へと消えていくのです。あまりにも不思議な光景でした。食べるペースは一向に落ちず、むしろ速くなっている。とても信じ難い光景でした。私もいつか、このトレーニングをさせられる日が来るのでしょうか。申し訳ありませんが、お肉の山の麓すらも踏破出来る気がしません。

「千代ちゃん、それを食べ終えたらうみのどーくつに行きたいの」

「海の洞窟に御座いますか？　鍛錬、でしょうか？」

「そう、めーちゃんの実戦デビューでもあるけど。世の中には奇想天外な世界があるってところを、皆にも見て貰いたいのよ。かなり、刺激を受けると思うよ」

「御意に御座います！　メイヤ殿、これからも共に頑張りましょう！」

「は、はい……!?」

鍛錬なら喜んで、ご飯は……同じ量は無理だと思います。申し訳ありません……。

姫千代さんと合流した後、一度メイヤが眠っていた部屋がある2階へと戻ってきました。そこにはドンタクンさんはもちろん、朝に出会わなかった人達も集まっていました。

「よーし、全員揃ったー!? どん太ー！　リアちゃーん！」

『わうー！（いまーす！）』

「はーい！」

「千代ちゃん、おにーちゃん！」

「此処に！」

『(*´∀`*)ノ』

わあ、全身鎧の騎士さんまでいらっしゃるのですね。しかし返事をしませんでしたね……。主人であるリンネ様にそんな無礼、赦されるのでしょうか……。

「ねーさんとローラちゃんは……はい、二日酔いで行かない、と……」

「勝手に行ってきておくれ……あたしゃ無理だよ……」

「うちもぉぉ、無理ぃぃ……」

この2人は違う感じがします。闘争心が感じられない……？　第二の人生に目標がないような、生前に未練がないような……。そんな感じがします。

「そして、めーちゃん！　あとペルセウスちゃん!!　起きてこられて偉い!!」

「はい！」

「おはようございますわぁ……。流石に昨日負けたのは悔しくって、頑張って起きましたわ～」

「……」

そしてペルセウスさん……どこかの国のお姫様なのでしょうか？　リンネ様との間柄がとても気になります……！　大変親密そうですし、眠そうにしておられるものの気品があります。王族や貴族特有のオーラ、というのでしょうか。背筋がピンと伸び、佇まいが美しいです。

「以上、７人！　さあ張り切って行ってみよー!!」

海の洞窟にて鍛錬、どのようなことをするのかわかりませんが、奇想天外の世界だとリンネ様は言っていました。恐らくきっと、リンネ様との模擬戦闘や、アルス師匠の毒薬試験よりも過酷な世界……。あの時口にした、メイヤも戦うという言葉が嘘でないことの証明……！　必ず、リンネ様のご期待に応えてみせます!!　いざ、海の洞窟へ!!


『――ギュアアアアアアアア!!』

「なんですかこれなんですかこれなんですかこれ!!　どうすればいいんですかあああ!?」


申し訳御座いませんリンネ様、メイヤはご期待に応えられるか不安です。

グランディス・バートリー

異名

悪虐令嬢・殺戮の薔薇

主人

墓の王メギド

職業

バーサーカー Lv.100

戦闘傾向

純粋火力・近接物理

主要スキル

鮮血の薔薇
薔薇の牢獄
ブラッディバスター
ブラッディショット

ステータス

HP：約1.2M（120万）
MP：0
STR：650・評価C
AGI：550・評価D+
TEC：25・評価F
VIT：390・評価E+
MAG：0・評価G
MND：4・評価F

オルヴィス

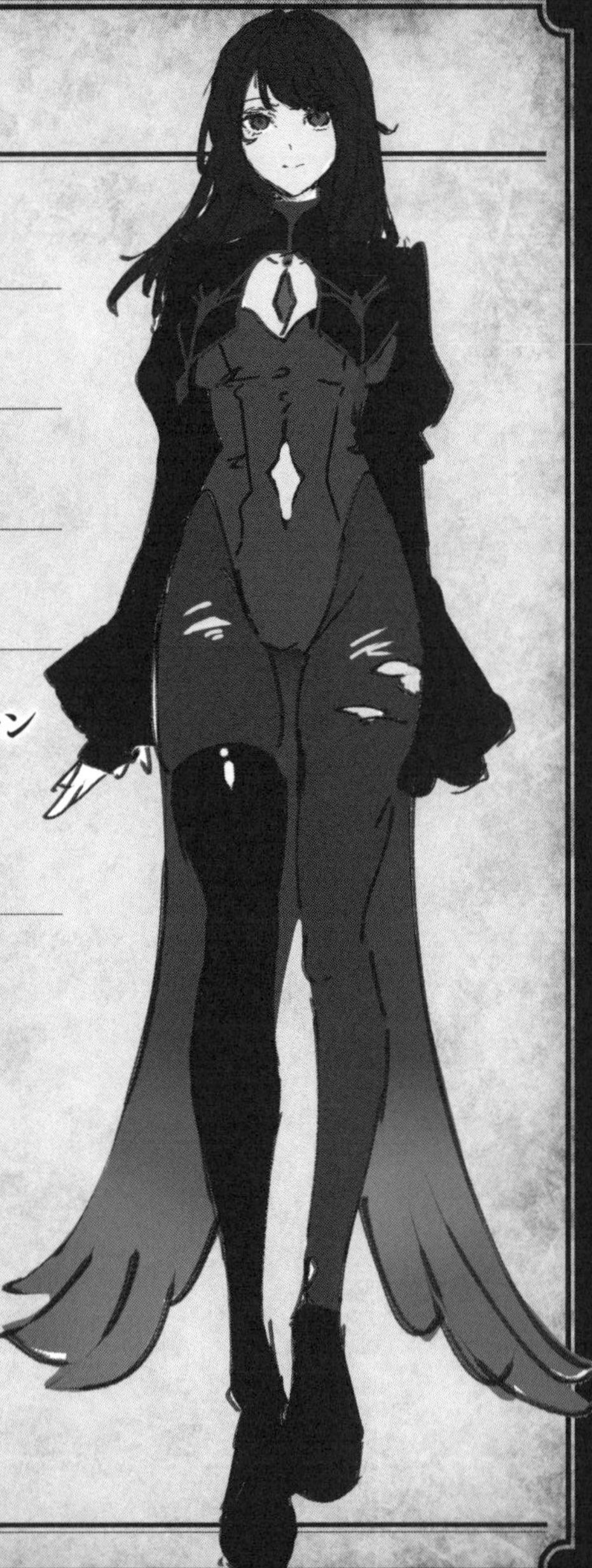

異名

黄昏の聖女

主人

墓の王メギド

職業

黄昏の聖女 Lv.80

戦闘傾向

支援・回復

主要スキル

グレーターテレポーテーション
ピュリフィケーション
ダークネスエナジー
シャドウバインド

ステータス

HP：約900K（90万）
MP：約500K（50万）
STR：50・評価F+
AGI：20・評価F
TEC：499・評価D-
VIT：310・評価E+
MAG：660・評価C
MND：551・評価C-

メギド

異名

墓の王

崇拝

邪神ヘルミナ

職業

墓の王 Lv. ????

戦闘傾向

オールラウンダー・不死魔術

主要スキル

アニメイト・コープス
インテグレーション
不明
不明

ステータス

HP：????
MP：????
STR：????・評価不能
AGI：????・評価不能
TEC：????・評価不能
VIT：????・評価不能
MAG：????・評価不能
MND：????・評価不能

あとがき

天殴三巻を手にとって頂きありがとうございます！　この場を借りて、本作を愛してくださる読者様、並びに本作のイラストを担当してくださったがわこ先生、三巻の刊行を支えてくださった担当者様と出版社様に、重ね重ね厚くお礼申し上げます。

さて、今回のあとがきのコーナーには私だけでは御座いません。特別なゲストをお招きしました！　それではご登場頂きましょう、特別ゲストのオーレリアちゃんです！　どうぞ……どうぞ～？

あれ、居ない？　嘘でしょ、さっきまで居たはず……？　え、何この書き置きは……？　ケーキが用意されてないから帰る？　ああ居た！　ちょっと待って、今すぐ買ってくるから待ってよ！

そんな何十分も待てないし、ハッゲさんの作ったケーキのほうが絶対に美味しいから帰る？　それに本が少なくて退屈……!?　そんなこと言わずに、せめて一言！　なんでもいいから！

え、じゃあ一言だけ!?　本当に!?　あ、待って……？　それって、アナイアレーションナパームの詠唱じゃ…………!?

『オーレリアちゃんに焼かれた作者、（絶望的に幸せそうな顔で）ここに眠る』

——次回、作者転生！　四巻出したいから本気出す！　お楽しみに！　残りのスペースはオーレリアちゃんに焼却されてなくなりました。次回もよろしくお願いします！

漫画化、始動。

コミック アース・スターにて連載予定！

ガイド役の天使を殴り倒したら、
死霊術師になりました
～裏イベントを最速で引き当てた結果、世界が終焉を迎えるそうです～

次巻予告
どうやら次はビッグなイベントが
ありそうな予感がしますわ！
わたくしの勘が正しければ、
2025年4月の4巻、
間違いなくここで何かが起きますわ!!
——次回、ステラヴェルチェレイド！ お楽しみに！

EARTH STAR NOVEL

ガイド役の天使を殴り倒したら、死霊術師になりました ③
～裏イベントを最速で引き当てた結果、世界が終焉を迎えるそうです～

発行 ―――― 2024年12月18日　初版第1刷発行

著者 ―――― エリーゼ

イラストレーター ―――― がわこ

装丁デザイン ―――― 浜崎正隆（浜デ）

発行者 ―――― 幕内和博

編集 ―――― 島玲緒

発行所 ―――― 株式会社アース・スター エンターテイメント
〒141-0021　東京都品川区上大崎3-1-1
目黒セントラルスクエア　7F
TEL：03-5561-7630
FAX：03-5561-7632

印刷・製本 ―――― 中央精版印刷株式会社

ISBN 978-4-8030-2052-6

……どん……太……？
リンネ

『エリアアナウンス：魔神バビロンが降臨します!!』
バビロン
『やった～!! ワ・タ・シ・の！ 念願の！
まい、ほ～～～む♥♥♥』